DIE KLEINE STRANDBAR IN SÜDAMERIKA

Eine Reise nach Chile als Einstieg zum Spanischlernen

KONRAD KLEEFELD

Inhaber: Julius Robert Wolff
Hindenburgstraße 17, 31832 Springe
Kontakt: info@schinken-verlag.de

1.Auflage

Korrektur: Magali Wrana

ISBN: 978-3-96891-056-7

DIE VERPASSTE GELEGENHEIT

«¡Buenos días!» «¿Cómo estás hoy?» – «¡Muy bien!»

An vielmehr kann ich mich nicht mehr erinnern aus meinem bisher einzigen Spanisch-Kurs im Leben an der Volkshochschule in Hamburg. Den Kurs hatte ich mal gemacht, um mich ein wenig weiterzubilden, schließlich reise ich ja sehr gerne, wofür ich aber leider nie Zeit habe. Der Kurs ist nun mittlerweile schon fünf Jahre her, und ich habe es immer noch nicht geschafft, mal länger wegzufahren und schon gar nicht in ein spanischsprachiges Land. Ich kam nicht weiter als an den Camping-Platz an der Ostsee.

Ich mache meinen Job gerne. Ich habe mich damals, trotz Abitur, gegen ein Studium entschieden und eine Ausbildung zum Industriemechaniker abgeschlossen und warte und repariere nun Industriemotoren für verschiedene Maschinen wie zum Beispiel Kräne und Fahrzeuge. Das macht mir großen Spaß, jedoch könnte eben doch ein wenig mehr Zeit, um mal etwas anderes zu sehen, bleiben. Groß ist meine Sehnsucht an einem einsamen Strand zu sitzen und dort in einer Hütte zu schlafen. Begleitet vom Meeresrauschen in den Schlaf zu sinken mit dem Wissen, dass der nächste Tag genauso sein wird und ich wieder am Strand erwache. Hamburg hat auch Strände am Ufer der Elbe, ist ziemlich dicht an der Nordsee, und auch die Ostsee ist nicht weit. Aber die Elbstrände sind mir meist zu laut: Autos, Menschen, Stadtlärm. Die Nord- und Ostsee finde ich zwar toll, aber es entspricht trotzdem nicht genau dem, was ich mir wünsche.

Ich bin auf der Suche nach einem einsamen Strand und reise, um diesen zu finden, abends gerne mal durch das Internet. Dabei bin ich irgendwie auf Lateinamerika gestoßen. Die Karibikstrände und auch die wunderschönen Strände am

Pazifik und Atlantik, dazu die lateinamerikanische Kultur mit der Gelassenheit der Bewohner sind Gründe, warum ich Spanisch lernen will. Wie wenig von der Sprache aus meinen ersten Lernversuchen hängengeblieben ist, werde ich noch merken.

Spanisch ist eine schöne Sprache: Das gerollte *r,* die abgehackten Laute, die wie ein Maschinengewehr schmettern. Außerdem hört man ständig ein *o* oder ein *a* am Satzende. Das klingt toll. *o* für maskulin mit dem männlichen Artikel *el* und *a* für feminin mit dem weiblichen Artikel *la.* Wie zum Beispiel *la silla – der Stuhl,* der im Spanischen feminin ist oder *el toro – der Stier* für ein männliches Beispiel. Scheinbar sind ja doch noch ein paar Wörter von der Sprache hängengeblieben, und der VHS-Kurs war nicht ganz umsonst.

Völlig überraschend kam das Angebot, bei einer Partnerfirma in Chile mitzuhelfen. Die Firma dort vertreibt die gleichen Motoren wie unsere Firma, allerdings werden die Motoren in Chile vor allem für Maschinen aus den Minen und Bergwerken eingesetzt. Die Stelle wurde mir nicht direkt angeboten, sondern unser Gruppenleiter hat bei unserer wöchentlichen Besprechung in einem Nebensatz erwähnt, dass die Geschäftsführerin jemanden sucht, der nach Chile reist. «Na ja, hätte man mal studiert, als Manager kommt man viel rum.», murmelte ich etwas zynisch. «Nee Jonas, die brauchen für ein halbes Jahr einen Mechaniker…», sagte mein Vorarbeiter Ingo. «Ich habe Frau Kollwitz aber schon abgesagt und ihr gesagt, sie soll woanders fragen. Ich brauche euch hier, und außerdem kann sowieso niemand Spanisch hier.» Alle lachten: «¡No! ¡Nada español!» Alle meine

Kollegen schüttelten den Kopf, und ich dachte auch erstmal nicht daran, dass ich meine Komfortzone verlassen könnte und war froh, dass der Vorarbeiter mir die Entscheidung schon abgenommen hatte. Auf dem Nachhauseweg kam ich jedoch ins Grübeln. Das wäre doch die Chance. Vielleicht sollte ich mal Frau Kollwitz ansprechen. Jedoch ist es nicht so leicht, bei ihr vorzusprechen. Die Frau ist schwer beschäftigt, und seit meiner Einstellung habe ich nie wirklich mit ihr gesprochen. Außer mal ein «Guten Morgen», wenn man sich mal zufällig auf dem Firmenflur begegnet, haben wir nie mehr Worte gewechselt. Da die besten Mitarbeiter auch eher die unauffälligen sind, ist das auch nicht ungewöhnlich.

Das Grübeln wird nun immer stärker. Die ganze Woche kämpfe ich mit mir, bei der Arbeit, zuhause und beim Einschlafen. Ich bin doch Junggeselle, warum also nicht mal weg von hier, und dann habe ich auch noch die Gelegenheit in meinem Job zu bleiben – eine bessere Gelegenheit kommt nie wieder. Trotzdem erfinde ich immer wieder Ausreden, um nicht bei Frau Kollwitz an der Bürotür klopfen zu müssen. «Sie sah heute so gestresst aus.» «Ich kann ja nicht klopfen, wenn sie gerade telefoniert.» «Morgen, aber wirklich.»

Jetzt merke ich erst, was ich für ein Feigling bin, der es nicht mal schafft, seiner Chefin eine Frage zu stellen. Ich hätte niemals gedacht, dass es für mich ein solches Problem ist, einfach an eine Tür zu klopfen und eine einfache Frage zu stellen. Eine Woche ist schon verstrichen, und ich denke nun, dass Frau Kollwitz bestimmt schon jemand anderen für Chile gefunden hat. Gestern war ich kurz davor, bei ihr zu klopfen. Ich stand schon vor der Bürotür, aber ich hörte durch die Tür, dass schon jemand anderes im Büro war. Wenn noch jemand dabei ist, dann ist es doppelt so schwierig zu fragen.

Jetzt muss ich aber klopfen, es ist Freitagabend, kurz vor Feierabend. Irgendwie habe ich keine Lust, das ganze Wochenende frustriert zu sein, weil ich mich wieder nicht getraut habe zu klopfen. Ich stehe vor der Bürotür meiner Chefin und lege mir einige Worte zurecht. Ich habe vorher die Tür eine ganze Weile beobachtet, um sicherzugehen, dass niemand in der Nähe ist, auch die Sekretärin ist schon im Feierabend. «Klopf, Klopf» Ich erschrecke mich ein wenig, das war ja doch etwas lauter als ich wollte. Unterbewusst habe ich wohl gehofft, dass sie mein Klopfen nicht hört und ich eine weitere Ausrede habe.

«Herein.» Ich öffne zaghaft die Tür und sage leise: «Hallo Frau Kollwitz.» – «Herr Lemmel, was gibt es?» Sie schaut mich streng an, was mir nicht gerade dabei hilft, die richtigen Worte zu finden.

«Ich, äh, habe gehört, wegen Chile, also, ich.....», höre ich mich sagen und merke, dass ich rot anlaufe. Meine Güte, ich bin fast 30 Jahre alt und kann noch nicht mal einen vollständigen Satz auf Deutsch sprechen, wie soll das jemals auf Spanisch klappen.

Frau Kollwitz macht wenig Anstalten, mir zu helfen: «Was ist denn mit Chile?», fragt sie etwas genervt. «Sie müssen mir schon sagen, was Sie möchten.» – «Also ich habe gehört, dass dorthin ein Mechaniker unserer Firma abbestellt werden soll.» Dieser erste vollständige Satz gibt mir etwas mehr Halt. Vielleicht sollte ich mir in meinem nächsten Leben einen Job suchen, der etwas kommunikativer ist als mein jetziger, um für solche Alltagssituationen gerüstet zu sein. Doch Frau Kollwitz unterbricht mich schon: «Ach so ja, das habe ich schon abgesagt, hier bei uns in der Firma scheint es niemanden zu geben, der dorthin möchte. Niemand hat sich bei mir gemeldet. Schade eigentlich.» Sie wirkt nun etwas freundlicher, und ich erkenne sogar ein leichtes Lächeln. Das macht es mir nun einfacher.

«Also ich würde das schon gerne machen, aber gut, wenn das nun abgeblasen ist, dann hat sich das sowieso erledigt.» – «Ja leider sind Sie zu spät, aber ich wünsche Ihnen ein schönes Wochenende.»

Zumindest ärgere ich mich am Wochenende nicht darüber, dass ich wieder nicht gefragt habe und kann das Thema abhaken, schließlich habe ich jetzt alles versucht und kann weiter in meinem bequemen Alltagstrott bleiben.

Übersetzungen und Erklärungen zum Kapitel:

¡Buenos días!

Das hat wohl jeder schon einmal gehört und lässt sich mit *Guten Tag* übersetzen, aber man sagt es auch am Morgen als *Guten Morgen*. Man wünscht sich im Spanischen ebenso einen *Guten Nachmittag* – *Buenas tardes* und eine *Gute Nacht* sowie einen *Guten Abend* – beides mit *Buenas noches*

¿Cómo estás hoy?

¿Cómo estás? bedeutet wörtlich etwa *Wie bist du?*, also *Wie geht es dir? hoy* bedeutet *heute*

¡Muy bien!

muy bedeutet *sehr* und *muy bien* bedeutet *sehr gut* als Antwort auf die Frage *¿Cómo estás?* oder *¿Cómo estás hoy?*

LERNFRUST

«Na kommen Sie mal mit. ¡Vamos a mi oficina!» Ich bin etwas verwirrt. Es ist Montagmorgen, und ich brauche in der Regel erst einmal ein paar Stunden, um mich zu sammeln und um vom Wochenendrhythmus in den Arbeitstrott zu kommen. Ich trotte hinter meiner Chefin zu ihrem Büro. Ich bin noch zu müde, um meinen Gedankenapparat anzuschmeißen und mir auszumalen, was nun passieren könnte. Ich wundere mich nur ein bisschen, da ich doch erst am Freitag bei ihr gewesen bin. Aber ich habe eine leichte Vorahnung, schließlich hat sie vorhin einen spanischen Satz gesprochen.

Während ich die Tür ihres Büros hinter mir schließe, mustert Frau Kollwitz mich von oben bis unten:

«So, Herr Lemmel, Chile klappt», ruft meine Chefin etwas zu laut und gleich auf den Punkt kommend.

«Bitte was?», schaue ich etwas verdutzt.

Sie fängt an zu erklären: «Es klappt. Ich habe Freitag nach unserem Gespräch noch einmal eine kurze Mail nach Santiago geschickt. Ich dachte, sie hätten dort schon jemanden aus Kiel. Gestern, am Sonntag komischerweise, kam die Antwort. Sie brauchen wohl recht dringend jemanden von uns. Einige ältere Motoren ihrer Minenmaschinen haben nur Dokumentationen auf Deutsch, da diese damals für den deutschen Markt entwickelt wurden.»

Ich denke, dass ich großes Glück haben muss, dass sich aus Kiel – das ist unser zweiter Firmenstandort – auch keiner gemeldet hat. Außerdem könnte ich diese Frau gerade umarmen. Ich lächele sie aus tiefstem Herzen an:

«Danke Frau Kollwitz, dass Sie nochmal eine Nachricht nach Chile geschrieben haben. Ich bin total gespannt.»

«Ja Herr Lemmel, und wissen Sie was? In einem Monat geht es schon los. Passt Ihnen das? Wir kümmern uns um Ihr Arbeitsvisum und um eine Unterkunft. Reden Sie auch mit Ihrem Gruppenleiter, damit er sich darauf einstellen kann!»

«Das ist ja schon bald. Ja, das muss passen! Waren Sie eigentlich selbst schon mal da oder warum sprechen Sie Spanisch?», frage ich freundlich.

Frau Kollwitz scheint sich über mein Interesse zu freuen und entgegnet: «Ich bin bisher noch nie in Santiago und auch noch nie in Lateinamerika gewesen. Ich spreche fließend Spanisch, da ich einige Jahre in Madrid gelebt habe. Deswegen läuft auch der Kontakt nach Chile über mich. Vielleicht komme ich Sie ja in dem halben Jahr mal besuchen. Das wäre doch eine schöne Gelegenheit. Können Sie denn Spanisch sprechen?»

«Ich habe mal einen Kurs an der Volkshochschule belegt, aber wenn ich ehrlich bin, habe ich noch nicht einmal Ihren kurzen Satz von heute Morgen verstanden», antworte ich.

«Nun, Sie müssen aber versuchen, so schnell wie möglich Spanisch zu verstehen. Gerade in der Werkstatt sprechen nur sehr wenige Kollegen Englisch», sagt sie fordernd.

Ich merke ihr ihren Ehrgeiz an. Anders kommt man wahrscheinlich auch nicht in eine solche hohe Position. Frau Kollwitz ist sehr zielstrebig, und nun bin ich ihr Aushängeschild in Chile. Sie versucht den Ehrgeiz auch in mir zu wecken, um sich und ihre Firma gut zu präsentieren. Nur ist das mit dem Lernen so eine Sache bei mir. Schon während meiner Ausbildung fiel es mir schwer, nach einem Arbeitstag abends noch ins Lehrbuch zu schauen. Aber halb so wild, ich habe die Ausbildung ja bestanden.

«Nehmen Sie sich ein kleines Notizbüchlein mit, und schreiben Sie dort jeden Tag die neuen spanischen Wörter hinein, die Sie hören. Zusätzlich nehmen Sie ein Wörterbuch mit. Beides haben Sie in der Werkstatt in Santiago immer dabei. Hier nehmen Sie!», sagt sie, während sie mir ein kleines Notizbuch sowie ein kleines Wörterbuch in die Hand drückt. Beide passen wunderbar in die Hosentasche.

«Sie können ja ihren Satz von heute Morgen schon für mich hineinschreiben», schlage ich vor, um ihr meine Motivation zu zeigen.

Sie schreibt in die erste Zeile den Satz und daneben die deutsche Bedeutung, dabei schaut sie mich etwas kritisch an – als ob sie mich durchschaut hat, dass ich nicht so der Theorie-Typ bin und lieber mit den Händen lerne als mit meinem Kopf.

«Sie sollten die restliche Zeit vor der Abreise zum Spanischlernen nutzen.»

Ich verlasse das Büro und bin einfach nur glücklich, obwohl mir meine Chefin klar und deutlich vermittelt hat, dass das kein Erholungsurlaub sein wird. Das mit dem Spanisch werde ich schon hinkriegen, außerdem habe ich ja schon den Volkshochschulkurs besucht. Und zur Not wird schon jemand Englisch sprechen in Chile. Aber ich nehme mir vor, zumindest ein bisschen Spanisch zu lernen.

Nach Feierabend krame ich sofort mein altes Spanischbuch hervor. Ich sehe darin einige ausgefüllte Lückentexte und einige einfache Dialoge. Was mache ich jetzt damit? Einfach von vorne anfangen zu lesen? Es ist so viel auf einmal, und alles ist irgendwie durcheinander. Es ist sehr schwierig, wenn man nie gelernt hat, richtig zu lernen. Ich weiß nicht, wie ich vorgehen soll und fange einfach mitten im Buch an zu lesen. Ich schreibe mir dann einfach die Wörter heraus, die ich nicht verstehe. Ich fange an, einen Text über Sevilla zu lesen, da ich die Bilder auf diesen Seiten besonders schön finde, die aus dem verstaubten alten VHS-Buch strahlen. Ich verstehe nichts und merke, dass ich so ziemlich alle Wörter suchen und herausschreiben müsste. Zudem sind die Wörter gar nicht in der Grundform geschrieben, sondern meist in irgendeinem Akkusativ oder Dativ. Bei den Verben ist es genauso schwierig – immer irgendeine konjugierte Form und keine Grundform. Das ist sehr schwierig ohne Lehrer. Nach 15 Minuten Frust ändere ich meinen Plan – ich schaue einfach spanisches Fernsehen über das Internet!

Natürlich verstehe ich auch hier nichts, sondern gaukel mir nur selbst vor, etwas Spanisch zu verstehen. Dabei merke ich nur anhand der Bilder, worum es in den Berichten geht. Aber gut, morgen ist auch noch ein Abend, und vielleicht bleibt irgendwas hängen, wenn ich mich weiter einfach jeden Abend berieseln lasse.

Die nächsten Abende merke ich, dass das so nicht funktioniert mit dem Fernsehgucken und dem Selbststudium. Aber gut, dann nehme ich eben den Sprung ins kalte Wasser mit Learning by Doing in Chile. Das wird schon…

Übersetzungen und Erklärungen zum Kapitel:

«¡Vamos a mi oficina!»

Lass uns in mein Büro gehen

vamos kommt von dem Verb *ir - gehen*

Präsens-Konjugation von ir:

yo voy – ich gehe

tú vas – du gehst

él / ella va – er, sie geht

nosotros /nosotras vamos – wir gehen

ustedes van – ihr geht

ellos / ellas van – sie gehen

Die Verbform in der zweiten Person Plural ist im lateinamerikanischen Spanisch mit der dritten Person Plural identisch. In Spanien lautet die zweite Person Plural jedoch *vosotros vais.* Anstatt *tú - du* in der zweiten Person Singular wird in einigen Regionen oder Länder auch *vos* gebraucht. Die Verbform *vas* bleibt aber unverändert. Beispielsweise sagt man in Argentinien: *vos vas.*

DER REBELL AUS ÖSTERREICH IN PANAMA

Mein Gruppenleiter fühlte sich erst ein bisschen vor den Kopf gestoßen, weil ich mich nicht zuerst bei ihm gemeldet habe, sondern gleich zur Chefin gerannt bin, mit meiner Idee nach Chile zu gehen. Aber wir haben ein gutes Verhältnis, so dass der Ärger schnell verflog und er sich schließlich sogar für mich freute. Es hat mir ein wenig geschmeichelt, als er und einige Kollegen sagten, sie würden gerne den Jahresurlaub nutzen, um mich zu besuchen. Das sei schließlich eine gute Gelegenheit, endlich mal über den Ozean zu fliegen und das andere Ende der Welt zu sehen. Ich bin überrascht, dass die Kollegen mich scheinbar so gerne mögen, obwohl ich mit den wenigsten privat etwas unternehme.

Nach zwei Wochen steht Frau Kollwitz plötzlich an meinem Arbeitsplatz, während ich gerade einen reparierten Motor wieder zusammenschraube: «¿Cómo va usted con su español?» Ich schaue sie fragend an und ärgere mich, dass ich noch nicht einmal weiß, was *Ich verstehe nicht.* oder *Könnten Sie das bitte wiederholen?* auf Spanisch heißt. Sie merkt natürlich sofort, dass ich keine Ahnung habe, was sie sagt, und sie wechselt dankenswerterweise zu Deutsch:

«Herr Lemmel, zumindest sind Sie ja fachlich sehr gut. Das mit dem Spanisch wird schon klappen. Versuchen Sie in Chile viel zu sprechen, und wie gesagt, schreiben Sie sich neue Wörter auf!», befiehlt sie. Ich notiere den Satz, den sie gesagt hat, um ihr zu zeigen, dass sie mit mir die richtige Wahl getroffen hat. Frau Kollwitz lächelt etwas ungläubig, korrigiert meinen niedergeschriebenen Satz und erzählt mir, dass sie mir eine Unterkunft besorgt hat – bei einer chilenischen Gastfamilie, die mit der Sekretärin des Firmenstandorts in Santiago befreundet ist: «Damit Sie nach

Feierabend auch mal vernünftiges Spanisch sprechen und nicht nur den Werkstatt-Slang der Mechaniker.» Ich fühle mich ein bisschen bevormundet, verstehe aber, dass ihr ein guter Eindruck wichtig ist. Sie verschwindet wieder in ihr Büro. Ingo, der uns zugehört hat, lacht: «Na Jonas, hast du deine Hausaufgaben nicht gemacht? Hoffentlich verarschen dich die Chilenen nicht zu sehr, wenn du kein Wort verstehst.»

Von hinten höre ich Marius fluchen, der im Lager arbeitet und immer in der ganzen Halle gut hörbar ist: «Ist die Kollwitz hier eben langgelaufen? Der hätte ich was erzählt. Sie kann es sich aussuchen, entweder einen neuen Hubwagen oder drei Monate Krankschreibung.» Wer Marius kennt, weiß, dass wenn die Chefin dann vor ihm steht, er ein ganz lieber Gentlemen ist. Sein tägliches Fluchen wird mir in Chile fehlen, aber ich habe Hoffnung, dass es in Santiago in der Werkstatt ähnlich lebhaft zugeht. Wie ist da wohl die Arbeitsatmosphäre? Was heißt überhaupt *Werkstatt* auf Spanisch? Ich zücke das Wörterbuch, dass Frau Kollwitz mir gegeben hat und schlage nach: *el taller*. Mmm komisches Wort, aber ich schreibe es in mein Büchlein und bin stolz, denn es ist das erste Wort, das ich aus Eigenantrieb für mich aufschreibe und nicht um Frau Kollwitz zu gefallen.

***

Nach einer herzlichen Verabschiedung im Betrieb – man sollte öfter verreisen, da man merkt, dass alle einen doch irgendwie ganz gerne haben – räumte ich meinen Arbeitsplatz auf. Der Flieger geht heute Nachmittag von Frankfurt am Main. Mit dem ICE werde ich von Hamburg nach Frankfurt fahren, dann nach Panama fliegen und dann von Panama weiter nach Santiago de Chile. Panama – wie sich das anhört. «Oh wie schön ist Panama» wurde mir als Kind vorgelesen, ohne dass ich wusste, ob Panama überhaupt existiert. Ein Name, der eine große Sehnsucht nach Abenteuer weckt durch diese Kindheitserinnerung an das Buch von Janosch.

Ich sitze mit meinen Eltern und meinem «kleinen» Bruder, der einen Kopf größer als ich ist, in einem Café im Hamburger Hauptbahnhof, um mich zu verabschieden. Meine Eltern haben gar keine Vorstellung, wie es in Chile sein könnte. Für sie ist es ein armes und gefährliches Land. «Hast du da denn Internet, so dass du dich melden kannst?» Ich verdrehe ein bisschen die Augen, was ich aber überhaupt nicht böse meine. Ich freue mich, über mein gutes Verhältnis zu meinen Eltern und möchte nicht, dass sie sich Sorgen machen. Ich antworte: «Ich melde mich sofort, wenn ich angekommen bin. Es wird schon alles klappen, und natürlich gibt es in Chile Internet.»

Nun wird es ernst, eine etwas bedrückende Abschiedsstimmung vermasselt mir aber nicht die Vorfreude auf die Reise ins Ungewisse. Bisher bin ich noch nicht so viel rumgekommen, und England war für mich schon exotisch, aber Chile? Ich platze fast vor Neugier. «Tschüss Mama, tschüss Papa, tschüss Jan!» Eine letzte Umarmung und schon winke ich aus dem Zug. Mein Bruder Jan läuft noch einige Meter mit dem abfahrenden Zug mit, das haben wir als Kind schon immer gemacht. Als Erwachsener wirkt das etwas albern, aber in diesem Moment ist mir diese Geste so herrlich vertraut. Ich winke ihm nochmal zu.

Während der Zugfahrt mache ich mir etwas Sorgen, da ich noch nie allein geflogen bin und nicht weiß, wie der organisatorische Ablauf funktioniert. Bei meinen bisher einzigen Flügen innerhalb Europas war ich noch ein Kind, und meine Eltern waren dabei. Wo muss ich mein Gepäck abgeben? Wo muss ich meinen Pass zeigen? Ja und wo muss ich überhaupt hin? Zum Glück gibt es Info-Schalter in Frankfurt, aber wie finde ich mich beim Umsteigen in Panama zurecht?

Die erste Hürde ist geschafft, ich habe in Frankfurt mein Gepäck aufgegeben, und ich sitze im Flugzeug nach Panama. In der deutschen Airline sitzen fast nur Menschen aus Deutschland, von denen fast alle nach einigen Stunden Flug sehr kommunikativ sind. Eine Frau, die etwa 60 Jahre alt ist, möchte allein von Panama nach Ecuador weiterfliegen. Auch sie spricht kein Spanisch und hat noch nicht mal vorher eine Unterkunft gebucht. Viele Abenteurer wie die Frau sitzen im Flugzeug, und alle scheinen sehr aufgeschlossen zu sein. In Panama angekommen suche ich sofort den Kontakt zu einem Alleinreisenden, einem etwa 25-jährigen Österreicher, in der Hoffnung, dass er mir helfen kann und mir zeigt, wo ich hinmuss. Ich habe in Panama fünf Stunden Zeit umzusteigen und bin sehr zuversichtlich, dass ich mich irgendwie zurechtfinde. Der blonde langhaarige Österreicher sieht nicht so aus, als ob er das erste Mal verreist. Natürlich spricht auch er kein Spanisch, und er hat noch nicht mal Gepäck aufgegeben, wie er mir stolz erzählt. Er hat alles im Handgepäck und brauche nicht viel. Er möchte allein durch Peru reisen, ohne zu wissen, wohin genau. Er möchte einfach durch das Land und durch die peruanischen Dörfer wandern. Wahnsinn, was man hier für Leute trifft. «Das Einzige, was ich jetzt brauchen könnte, ist eine Zigarette. Wollen wir eine rauchen gehen?», fragt er mich. Ich rauche eigentlich kaum noch, da mich in meiner Arbeit die ganzen Kettenraucher etwas nerven, aber in diesem Moment denke ich, dass mir eine Zigarette jetzt auch schmecken könnte. Wir schlendern über den Flughafen, der erstaunlich modern wirkt. Ich hatte mir alles etwas unmoderner vorgestellt als in Europa, und das erste Mal merke ich, wie viele vorgefertigte, vorurteilsbehaftete Bilder eigentlich in meinen Kopf sind. Wir versuchen uns durchzufragen, aber an der Information wird uns deutlich gemacht, dass hier auf dem Flughafen in Panama-City in der Transitzone absolutes Rauchverbot herrscht. Der Österreicher mit seiner rebellischen, leicht aufgesetzten Ausreißer-Attitüde möchte sich nicht damit abfinden und fragt weiter das Flughafenpersonal und die Angestellten der Flughafenshops, wo man hier rauchen kann. Da ich mir ja irgendwie die Zeit vertreiben muss und der Österreicher mir schon erklärt hat, wo ich hinmuss, begleite ich ihn gerne. Als wir jetzt sogar die Putzfrauen fragen, die kein Englisch sprechen, schafft er es tatsächlich. Die Handgeste, sich den Zeige- und Mittelfinger an den Mund zu halten und daran zu ziehen, als ob man an einer Zigarette zieht, scheint auch international verstanden zu werden.

Eine Putzfrau nimmt uns mit in eine Abstellkammer, wo der Österreicher und ich uns gegenseitig eine Kippe anstecken. Glücklicherweise hat die Dame auch ein Feuerzeug, und sie raucht mit uns: «¡Muchas gracias!», lächelt der Ösi. Die Dame erwidert etwas besorgt: «De nada. ¡Mucho cuidado!» Irgendwann werde ich verstehen, was das bedeutet.

Übersetzungen und Erklärungen zum Kapitel:

«¿Cómo va usted con su español?»

Die spanische Form jemanden zu siezen ist *usted* und wird im Spanischen mit der Verbform der 3. Person Singular verwendet – hier (wie im vorherigen Kapitel) mit dem Verb *ir* → *usted va*

¿Cómo va? lässt sich übersetzten mit *Wie läuft es?*

Wörtlich könnte man den Satz übersetzen: *Wie läuft es bei Ihnen mit Ihrem Spanisch?*

el taller

die Werkstatt

«De nada. ¡Mucho cuidado!»

De nada heißt wörtlich übersetzt *von nichts* und bedeutet *Keine Ursache* oder auch *Bitteschön.*

¡Mucho cuidado! ist eine typische Floskel, wie *Seid vorsichtig!* oder *Passt auf euch auf!* Sie funktioniert, da sie ohne Verb im Spanischen gebildet wird, genauso im Singular *Sei Vorsichtig!* Die wörtliche Übersetzung wäre *Viel Vorsicht!*

NO ESPAÑOL

Der Ösi hat mich zu meinem Gate gebracht. Wir verabschieden uns, als ob wir uns schon jahrelang kennen, dabei weiß ich nicht mal mehr seinen Namen. Wir haben uns am Anfang zwar kurz unsere Namen vorgenuschelt, aber die Namen nicht abgespeichert, schließlich ist man ja nur eine Flughafenbekanntschaft. Zudem ist es irgendwann auch peinlich nochmal nach dem Namen zu fragen, wenn man schon drei Stunden miteinander verbracht hat. Diese kleine rebellische Aktion, in der Transitzone zu rauchen, hat uns aber zusammengeschweißt, und diese Umarmung kommt, zumindest für diesen Moment, aus tiefstem Herzen. Zudem bin ich ihm sehr dankbar, dass er mich im Flughafen etwas an die Hand genommen hat. Ich sage ihm, dass er vorsichtig sein soll, denn er wirkt doch schon etwas übermütig, so ohne Gepäck, ohne Begleitung, ohne Sprachkenntnisse und ohne Unterkunft durch ein fremdes Land zu wandern.

Nun geht es in die nächste Maschine, ich habe das Flugticket in der Hand. Es geht nun von Panama City direkt nach Santiago de Chile. Wie ich in Chile weiterkomme, weiß ich noch nicht genau. Ich habe nur einen kleinen Zettel, auf dem ich die Adresse geschrieben habe.

Im Flugzeug werde ich die ganze Zeit bedient, habe viel Beinfreiheit, und ich staune darüber, dass das Fliegen in Südamerika ja viel komfortabler ist als in Europa. Später sollte ich dann erfahren, dass die Economy-Plätze überbucht wurden, so dass ich in die Business-Klasse gesetzt wurde. So ein Glück hatte ich nie wieder beim Fliegen, und im Flugzeug habe ich natürlich die kurze spanische Erklärung der Stewardess nicht verstanden. Zurück flog ich dann in der gewohnten Economy-Klasse, die genauso so eng und ungemütlich wie bei uns ist.

Im Flugzeug verstehe ich kein Wort, jetzt bin ich schon voll drin im Spanisch-Dschungel – nun scheinen nur noch Südamerikaner im Flugzeug zu sein. Die Stewardess, die mich die ganze Zeit umtüdelt, spricht aber Englisch. Ich genieße den Flug, der wesentlich kürzer ist als der vorherige über den Atlantik.

In Santiago am Flughafen bin ich nun auf mich allein gestellt. Ich fühle mich etwas überfordert, schließlich ist das ja Südamerika hier und vielleicht sollte man schon besser am Flughafen vorsichtig sein. Wahrscheinlich werde ich gleich von einem Taxifahrer übers Ohr gehauen. Ich gehe erst einmal aus dem Flughafengebäude und überlege, was ich mache. Jetzt sehe ich die Berge, deren Spitze mit Schnee bedeckt ist und die Santiago umgeben. Wahnsinn, wie schön. Langsam wird mir bewusst, wo ich bin. Ich beschließe, meinen Aufenthalt einfach zu genießen, mich auf die neue Welt einzulassen und alles Neue aufzusaugen wie ein Schwamm.

Ich gehe wieder ins Gebäude und frage an dem erstbesten Schalter auf Englisch, ob es einen Bus gibt. Mit einer Handgeste zu einer anderen Frau und dem Hinweis «¡Ella sabe inglés!», gehe ich zu der Frau, die wohl Englisch spricht, wenn ich das richtig verstanden habe. Ich erkläre der Frau, dass ich einen Bus suche, der mich zu der Adresse auf dem Zettel bringt. Sie antwortet mit *yes* und *no* und führt den Satz dann einfach auf Spanisch fort! Das kann ja heiter werden, wenn das hier bedeutet, dass jemand Englisch spricht. Ich bereue gerade, dass ich vor meiner Reise nicht mehr Spanisch gebüffelt habe. Die Frau führt mich zu einem Sammeltaxi, für das ich 10 Dollar – chilenische Pesos habe ich noch nicht – bezahlen soll. Geschafft. Ich habe etwas Angst um mein Gepäck, das in den Kofferraum gelegt wird, verstehe aber, dass ich schon etwas Vertrauen haben muss, sonst kann ich zu der Adresse laufen.

Ich bin der einzige Fahrgast im Sammeltaxi, setze mich auf den Beifahrersitz, und wir fahren durch Santiago. Ich bekomme einen kleinen Kulturschock: Die Häuser, die Menschen, Palmen an der Straße. Es sieht so anders aus, und es ist auch jetzt am späten Abend noch so schön warm. Es fühlt sich gut, exotisch und aufregend an. Der Taxifahrer versucht mit mir zu sprechen:

«¿Cuál es la dirección?»

Puh, keine Ahnung, wahrscheinlich meint er die Adresse. Ich lese sie vor und kann natürlich nicht die Nummern auf Spanisch aussprechen.

«¿Cuál número es?»

Er zeigt mir mit seinen Fingern an, dass er eine Nummer wissen möchte:

«Uno, dos, tres, ¿cuatro? ¿Cuál es el número de la dirección?» Ich sage die Hausnummer auf Englisch, er versteht mich aber nicht.

«¿Nada de castellano?» Ich zucke als Antwort auf die Frage mit den Schultern, und er schaut mich an, als ob er mich für leicht bescheuert hält. Ich kann nicht einmal sagen, dass ich ihn nicht verstehe. Ich dachte, durch meinen VHS-Kurs verstehe ich wenigstens ein bisschen was – aber gar nichts! Jetzt wird mir doch ein bisschen mulmig.

«¿No español?», versucht er es noch einmal. Die beiden Wörter verstehe ich endlich mal, und ich wiederhole: «¡No español!»

Er hat mir mittlerweile den Zettel aus der Hand genommen, schließlich bin ich ihm als ein deutsches Riesenbaby, das nicht sprechen kann, keine große Hilfe. Auf einer Hauptstraße dreht er zwei-, dreimal und findet scheinbar die Hausnummer nicht, die Straße ist wohl aber die richtige, wie er mir mit Handgesten erklärt:

«¡Está aquí! Busca caminando, está muy cerca. ¡No encuentro el número!», sagt er bestimmt und erklärend, als er meinen verzweifelten Blick sieht. Er lädt mein Gepäck aus, sagt: «¡Mucha suerte!» und fährt davon.

Ich verstehe ihn, schließlich hat er noch etwas anderes zu tun als einen planlosen Naivling, der nicht sprechen kann, noch zur Haustür zu bringen. Ich stehe an der Hauptstraße und weiß nicht, was ich machen soll. Ist das nicht gefährlich, hier mitten am späten Abend an der Straße rumzustehen und dann noch mit so viel Gepäck? Ich weiß wirklich nicht, was ich nun tun soll, denn die Adresse auf dem Zettel verstehe ich nicht so richtig. Außerdem sehe ich weder Straßennamen noch Hausnummern. «Das fängt ja gut an», denke ich und bereue schon wieder, dass ich den letzten Monat nicht zum Spanischlernen genutzt habe.

Zwei junge Frauen kommen auf mich zu, sie sehen aus wie Studentinnen, die wohl noch einen kleinen Nachtbummel machen. Ich spreche sie an. Sie sind sehr nett und sprechen etwas Englisch. Sie wissen auch nicht, wo die Adresse sein soll, und fragen mich, ob ich eine Telefonnummer habe. Ich suche in meinem Handgepäck den Ordner mit meinen Unterlagen und siehe da, dort ist eine Telefonnummer von der Gastfamilie. Das Mädchen ruft von ihrem Handy die Nummer an, und wenig später kommt eine Frau, Anfang 50, direkt auf uns zu.

«¡Hola, Jonas! ¡Ya te estamos esperando!», sagt sie freundlich und umarmt mich. Sie redet noch kurz mit den Mädchen und bedankt sich. Auch ich bin sehr dankbar für die Hilfe und sage: «¡Muchas gracias!», mit dem gleichen Lächeln wie der Ösi zu der Putzfrau nach seiner hart erkämpften Zigarette.

Übersetzungen und Erklärungen zum Kapitel:

«¡Ella sabe inglés!»

Wörtlich lässt sich dieser Satz mit *sie weiß Englisch* übersetzen, also bedeutet er *sie kann Englisch*. Das Verb *saber* ist auch allgegenwertig in der Floskel *¡No sé!*, was mit *ich weiß es nicht* oder *ich weiß nicht* übersetzt wird.

Präsens-Konjugation von saber:

yo sé – ich weiß

tú sabes – du weißt

él / ella sabe – er / sie weiß

nosotros / nosotras sabemos – wir wissen

ustedes saben – ihr wisst

ellos / ellas saben – sie wissen

«¿Cuál es la dirección?»

Wie ist die Adresse?

Das Fragewort *wie* heißt eigentlich *cómo* auf Spanisch und würde hier auch verstanden werden, jedoch nimmt man in diesem Fall meist *cuál*, das sich mit *welche* übersetzen lässt. Wörtlich: *Welche ist die Adresse?*

«Uno, dos, tres, ¿cuatro? ¿Cuál es el número de la dirección?»

Ein, zwei, drei, vier? Wie ist die Nummer von der Adresse?

Die Zahlen im Spanischen von 1 bis 10 lauten: *uno, dos, tres, cuatro, cinco, seis, siete, ocho, nueve, diez*

«¿Nada de castellano?»

Nada bedeutet *nichts* und *castellano* wird in Chile häufig als Synonym für die *spanische Sprache* gebraucht. Übersetzen könnte man den Satz mit: *Nichts vom Spanischen?* also gleichbedeutend zu *Kein Spanisch?*

«¡Está aquí! Busca caminando, está muy cerca. ¡No encuentro el número!»

Es ist hier! Such beim Laufen, es ist sehr nah! Ich finde die Nummer nicht!

estar ist ein wichtiges Verb und ist im Deutschen gleichbedeutend zu dem Verb *sein*. Allerdings gibt es im Spanischen auch noch das Verb *ser*, das ebenfalls *sein* bedeutet. *estar* gibt einen vorrübergehenden Zustand an oder (wie hier) eine Ortsangabe, dagegen drückt *ser* einen Dauerzustand aus.

Beispiele:

ich bin dick – yo soy gordo -Dauerzustand *(ser)*

ich bin traurig – yo estoy triste – vorübergehender Status *(estar)*

Man kann sich das gut merken, wenn man *estado* als *Status* übersetzt und somit das Verb *estar* ableitet.

Ebenso wird *estar* für Ortsangeben verwendet *(estoy en la casa – ich bin im Haus)*, wenn man die Verbform von *sein* im Deutschen, wie zum Beispiel *ist*, durch *befindet sich* ersetzen kann. Bsp.: *El hotel está en Berlin. – Das Hotel befindet sich in Berlin.* oder wie hier *está muy cerca. – es befindet sich in der Nähe.*

Präsens-Konjugation von estar:

yo estoy – ich bin

tú estás – du bist

él / ella está – er/sie ist

nosotros / nosotras estamos – wir sind

ustedes están – ihr seid

ellos / ellas están – sie sind

«¡Mucha suerte!»

Viel Glück!

«¡Ya te estamos esperando!»

Wir warten schon auf dich.

ya lässt sich mit *schon* übersetzten. *estar* mit der Verbform mit der Endung *ando* wird benutzt, wenn man etwas gerade tut, wie im Englischen die Endung *ing* am Ende eines Verbes: *We are waiting for you*. Bei Verben, die in der Grundform auf *-er* oder *-ir* enden (z.B. *comer, sentir*)) ist anstatt der Endung *ando* die Endung *iendo* gebräuchlich.

Im Deutschen gibt es diese Verbform nicht, aber man könnte sie am ehesten mit: *Wir sind schon am Warten auf dich* für diesen Satz übersetzen. Diese Übersetzung ist eher unüblich, aber als Erklärung hoffentlich anschaulich. Im Deutschen würde man sagen: *Wir warten gerade auf dich.* Oder: *Wir sind gerade dabei, auf dich zu warten.* Das Wörtchen *gerade* ersetzt im Deutschen diese Verbform.

Es ist kein Zufall, dass *estar* zur Bildung dieser Verlaufsform (Gerundium) verwendet wird (Ableitung von *el estado – der Status*), denn *estar* drückt auch hier einen Satus aus – *wir warten (wir sind am Warten).*

Präsens-Gerundium-Konjugation von esperar:

yo estoy esperando – ich warte

tú estás esperando – du wartest

él / ella está esperando – er/ sie wartet

nosotros / nosotras estamos esperando – wir warten

ustedes están esperando – ihr wartet

ellos / ellas están esperando – sie warten

Die Präsens-Konjugation wäre entsprechend über einen längeren Zeitraum

Präsens-Konjugation von esperar:

yo espero– ich warte

tú esperas – du wartest

él / ella espera – er / sie wartet

nosotros / nosotras esperamos – wir warten

ustedes esperan – ihr wartet

ellos / ellas esperan – sie warten

LA FAMILIA CHILENA

Die Kommunikation mit María, meiner Gastmutter, muss für einen außenstehenden Beobachter sehr witzig sein. Mein Spanisch ist so schlecht, dass ich nicht mal die einfachsten Dinge fragen kann. Jetzt fühle ich mich endgültig wie ein Riesenbaby.

«¡Te muestro tu habitación!» Das muss bedeuten, dass sie mir mein Zimmer zeigen möchte, und ich folge ihrer winkenden Handbewegung. «Nice, nice», sage ich freundlich. Ich streue immer wieder einzelne englische Wörter ein, um eine Reaktion zu zeigen. Ich habe nämlich das Gefühl, etwas sagen zu müssen, was ich aber nicht kann. Es ist hart. Dennoch spüre ich Sympathie und Herzlichkeit, die mir entgegengebracht wird, was mich sehr erleichtert. Ich bin mittlerweile todmüde nach der langen Reise, und es ist ja auch schon sehr spät. Berücksichtigt man die Zeitverschiebung, dann bin ich schon über 24 Stunden wach, mal abgesehen von einigen kurzen Nickerchen im Flugzeug. María merkt das und wünscht mir «¡Buenas noches!» und sagt: «¡Hasta mañana! ¡Que descanses!»

Ich lege mich in das Bett und öffne das kleine Fenster, das sich direkt über dem Bett befindet. Eine herrliche warme, kühle Luft weht hinein. In Santiago ist es angenehm kühl am Abend, obwohl hier im November Sommer ist. Ich genieße die Luft und rufe kurz, wahrscheinlich für umgerechnet 5 Euro die Minute, meine Eltern an und sage ihnen, dass ich gut angekommen bin. Sie sind erleichtert. Morgen werde ich ihnen eine ausführliche Mail schreiben, denke ich noch, bevor mir die Augen zufallen.

Am nächsten Morgen lerne ich den Rest der Familie kennen: Den Freund der Gastmutter, Felix, der ebenfalls ausschließlich Spanisch spricht und den Sohn von María, Ricardo, der Anfang 20 ist und erstaunlicherweise etwas Deutsch spricht. Er war hier in Santiago auf einer deutschen Schule. Das hilft sehr, dass Ricardo übersetzen kann und räumt anfangs einige Missverständnisse aus. Allerdings ist Ricardo oft bei seiner Freundin, so dass ich mich an die spanische Kommunikation gewöhnen muss. Anstrengend, aber besser so.

Felix und María möchten mir nach dem Frühstück die Gegend zeigen. Wir gehen ein wenig spazieren. Mehrspurige Straßen mit dichtem Verkehr, viele Geschäfte und viele Menschen auf der Straße – Santiago ist eine Millionenstadt, das merke ich sofort, und wir sind noch nicht einmal im eigentlichen Stadtzentrum. Sehr schön finde ich die Palmen, die überall am Straßenrand aus dem Boden ragen. Ich fühle mich wie in einer anderen Welt, obwohl einiges auch sehr ähnlich ist wie in Hamburg. Aber es sieht doch alles irgendwie etwas anders aus, ist noch hektischer und das Wetter und die Menschen wirken freundlicher. Wir spazieren zum Fluss Rio Mapocho, der fußläufig zu erreichen ist und mitten durch die Stadt fließt. Der viele Verkehr und der Fluss mit dem braunen Wasser lassen Santiago schon etwas schmutzig wirken, aber ansonsten ist der Stadtteil Providencia sehr schön und alles andere als gefährlich. Was mir sofort auffällt, sind die streunenden Hunde überall, die aber einen gar nicht weiter beachten.

Ich frage: «Äh…. ¿los perros?» Ich habe das Wort nachgeschlagen und hoffe, dass María und Felix verstehen, was ich frage.

«Son perros de la calle. No son peligrosos. Buscan comida y un poco de amor», antwortet María. «¿Hay perros en Alemania?», fragt Felix. Felix hat am Anfang sehr wenig gesagt, aber er entpuppt sich sehr schnell als Spaßvogel. Ihm scheint das Spiel mit dem Riesenbaby, das nicht sprechen kann, zu gefallen. «Äh, ¡no!», sage ich, ohne etwas verstanden zu haben. *Alemania* heißt *Deutschland,* das weiß ich mittlerweile.

«¿No?», fragt Felix erstaunt und lacht. Ich lache auch, denn wir beide wissen, dass ich keine Ahnung habe, was er überhaupt gefragt hat. Auf seine lustige Art und Weise solidarisiert er sich mit mir. In jedem Geschäft, das wir betreten, sagt er zu den Verkäufern immer nur «Thank you» oder «Hello», um ihnen zu signalisieren, dass er auch nicht von hier ist. María verdreht immer nur die Augen, aber ich finde das sehr witzig. Den chilenischen, sehr eigenwilligen Humor werde ich bald noch intensiver kennenlernen.

Die beiden bestehen darauf, mich zu allem einzuladen: Eintritt, Kaffee, Essen. Sie geben mir schon nach einem Tag das Gefühl, dass ich zur Familie gehöre.

Übersetzungen und Erklärungen zum Kapitel:

«¡Te muestro tu habitación!»

Ich zeige dir dein Zimmer.

Das *ich* bzw. *yo* wird weggelassen, da es sich aus der Endung der Verbform von *muestro* erschließt – man muss es aber nicht weglassen und könnte auch sagen *¡Yo te muestro tu habitación!*, was aber eher unüblich ist - es sei denn man möchte das *ich* bzw. *yo* besonders betonen. Man sieht, dass der Dativ *dir* bzw. *te* im Satz vorangestellt wird. Der Akkusativ wäre im Spanischen nahezu identisch zum Dativ.

Nominativ	Dativ	Akkusativ
yo	*me - mir*	*me - mich*
tú	*te - dir*	*te - dich*
él / ella	*le - ihm / ihr*	*le, la - ihn / sie*
nosotros / nosotras	*nos - uns*	*nos - uns*
ustedes	*les - euch*	*los / las - euch*
ellos / ellas	*les - ihnen*	*los / las - sie*

Die **Possessivpronomen** werden wie folgt gebildet:

Singular:

mi habitación – mein Zimmer

tu habitación – dein Zimmer

su habitación – sein / ihr Zimmer

nuestra habitación – unser Zimmer

su habitación – euer Zimmer

su habitación – ihr Zimmer

Plural:

mis habitaciones – meine Zimmer

tus habitaciones – deine Zimmer

sus habitaciones – seine / ihre Zimmer

nuestras habitaciones – unsere Zimmer

sus habitaciones – eure Zimmer

sus habitaciones – ihre Zimmer

Das Verb *mostrar* bedeutet *zeigen* und verändert seinen Wortstamm in der Präsens-Konjugation.

Präsens-Konjugation von mostrar:

yo muestro – ich zeige

tú muestras – du zeigst

él / ella muestra – er / sie zeigt

nosotros / nosotras mostramos - wir zeigen

ustedes muestran – ihr zeigt

ellos / ellas muestran – sie zeigen

«¡Buenas noches!»

Gute Nacht!

«¡Hasta mañana! ¡Que descanses!»

!Bis morgen! Ruh dich aus!

Que descanses! würde man wörtlich mit *Dass du ausruhst!* übersetzen. Die Grundform des Verbs ist *descansar*. Es handelt sich hierbei um das spanische Präsens Subjuntivo, das eine Absicht, einen Wunsch ausdruckt:

Die «normale» **Präsens-Konjugation** stellen wir der **Subjuntivo-Form** gegenüber:

Präsens	*Subjuntivo*
yo descanso	*yo descanse*
tú descansas	*tú descanses*
él / ella descansa	*él / ella descanse*
nosotros descansamos	*nosotros descansemos*
ustedes descansan	*ustedes descansen*
ellos / ellas descansan	*ellos / ellas descansen*

Sicherlich wird man beim Sprechen auch zunächst ohne die Verwendung dieser etwas speziellen Verbform verstanden.

«Son perros de la calle. No son peligrosos. Buscan comida y un poco de amor.»

Hier haben wir das Verb *ser* als Gegenstück zum Verb *estar* aus dem vorherigen Kapitel. Auch hier wird das Subjekt des Satzes weggelassen, da es sich aus der jeweiligen Verbform ergibt. *(Sie) sind Hunde von der Straße* wäre die wörtliche Übersetzung, wenn man im Deutschen *Das sind Hunde von der Straße* ausdrücken würde.

Präsens-Konjugation von ser:

yo soy - ich bin

tú eres – du bist

él / ella es – er / sie ist

nosotros / nosotras somos – wir sind

ustedes son – ihr seid

ellos / ellas son – sie sind

No son peligrosos würde man mit *sie sind nicht gefährlich* übersetzen. Das *no* bzw. *nicht* wird im Spanischen häufig vorangestellt.

Buscan comida y un poco de amor heißt übersetzt: *Sie suchen Essen und ein wenig (von) Liebe. buscar* ist das Verb *suchen,* und *un poco,* das man sehr häufig hört, bedeutet *ein bisschen.*

«¿Hay perros en Alemania?»

Gibt es Hunde in Deutschland?

hay ist eine sehr wichtige, abgewandelte Verbform vom Verb *haber,* um *Gibt es…?* zu fragen. Sie kommt nicht in der Konjugation von *haber* vor und sollte man sich als Spezialfall merken, der immer wieder verwendet wird.

FLAITE

Am darauffolgenden Montag werde ich von meinem neuen Kollegen aus der Werkstatt in Santiago mit seinem Auto abgeholt. Nachdem María vorher einige Mails in meinem Namen an die Firma verfasst hat, wurde gleich ein Mechaniker vom Firmenchef beauftragt, mich abzuholen. Der Arbeitsweg funktioniert bestimmt auch irgendwie mit öffentlichen Verkehrsmitteln, schließlich gibt es hier ja eine U-Bahn und Busse, aber ich fühle mich noch recht hilflos im südamerikanischen Großstadtdschungel. Kurz bevor ich abgeholt werde, mach ich die Mails nochmal auf und versuche sie zu übersetzen. Es gelingt mir jedoch leider nicht, obwohl ich sie ja eigentlich verfasst habe. María hat die Mails in einem Kinderspanisch geschrieben, so dass es so aussieht, als wären sie von mir. Dafür haben wir zusammen noch ein paar Fehler eingebaut, die ein Ausländer typischerweise macht. Es ist mir äußerst unangenehm, wenn die Kollegen merken, dass ich eigentlich überhaupt kein Wort verstehe. Ich beruhige mich, indem ich wieder beschließe, alles auf mich zukommen zu lassen und nicht mehr weiter darüber nachzudenken.

Die Autofahrt verläuft recht schweigsam. Mein neuer Kollege Roberto stellt mir Fragen, merkt aber schnell, dass ich nicht antworten kann. Das scheint ihn aber nicht weiter zu stören. Die Fahrt dauert sehr lange und endet im westlichen Teil von Santiago. Der Stadtteil heißt Renca, und ich bemerke, dass es hier ganz anders aussieht als in Providencia – und zwar so wie ich mir Chile und Lateinamerika vorgestellt habe: Aneinander stehende improvisierte Häuschen und Hütten mit kleinen Läden und Restaurants auf unbefestigten engen Nebenstraßen. Ich sehe freilaufende Hunde und viele Menschen, die überall schon in der knallenden Sonne an diesem Morgen unterwegs sind. Der Stadtteil Providencia, in dem mich meine Gastfamilie beherbergt, könnte ebenso gut Teil einer modernen Stadt in den Vereinigten Staaten sein, aber Renca ist Lateinamerika pur.

«¡Aquí no caminas solo!», sagt Roberto energisch und gestikuliert mit dem Finger aus dem Autofenster. Keine Ahnung, was er mir sagen will, aber ich antworte mit «Sí» – das habe ich mir schon in den ersten Tagen angewöhnt und ist meistens richtig, einfach nur *Ja* zu sagen, wenn man etwas nicht verstanden hat. Es kann schließlich auch bedeuten: Ja, ich habe deinen Satz zur Kenntnis genommen (auch wenn ich ihn nicht verstehe).

«¡Peligroso! ¡Muchos flaites!» Er redet jetzt nur mit einzelnen Worten mit mir. *Peligroso* heißt *gefährlich* – das weiß ich –, und *muchos* sind *viele.* Aber was sind *Flaites?* Meint er die Straßenhunde?

Ich frage Roberto: «¿Qué significa flaite?» Dass *Qué significa… Was bedeudet…* heißt, habe ich mir schon angeeignet und ist für den Anfang sehr wichtig. Das ist eine Frage, die man immer stellen kann und auf die dann eine Erklärung folgt, bei der man bequem zuhören kann und bestenfalls auch noch etwas lernt.

«¡Más tarde te voy a mostrar un flaite!», lacht Roberto. Ich antworte wieder: «¡Sí!», ohne ein Wort verstanden zu haben.

Es gibt so vieles, was ich sagen möchte, aber ich kann es nicht und Englisch scheint Roberto nicht zu verstehen, obwohl er erst um die 25 Jahre alt ist. Abgesehen davon, ist mein Schulenglisch auch nicht gerade das Beste. Ich merke, dass in diesem Land nur Spanisch angesagt ist. Wozu soll man hier auch Englisch sprechen, wenn in allen Nachbarländern auch Spanisch gesprochen wird? Selbst in Brasilien kann man sich auf *Portuñol* unterhalten. Das bedeutet, dass Brasilianer langsames Portugiesisch (Portugués) und die spanischen Muttersprachler langsames Spanisch sprechen (Español). Aufgrund der engen Verwandtschaft beider Sprachen versteht man sich, und das Kunstwort *Portuñol* ist entstanden.

Roberto fragt: «¿Cómo es la vida en Alemania?» Das ist ein Satz, den ich verstehe: *Wie ist das Leben in Deutschland?* Ich möchte so gerne antworten, aber ich kann es nicht. Ich kann nur sagen: «¡Bien!» Es wirkt unhöflich, nur mit einem Wort zu antworten, aber ich kann einfach nicht mehr sagen. Ich hoffe, Roberto versteht das.

Schließlich kommen wir auf einem Parkplatz vor der Firma an, und ich sage: «¡Gracias!» Roberto schaut mich etwas komisch an und antwortet: «¡Con mucho gusto!»

Ich gehe mit Roberto in die Halle und sehe eine Handvoll neugieriger Werkstattmitarbeiter, denen ich erstmal kurz zunicke, während Roberto sie freundlich mit Handschlag begrüßt. Alle sind anfangs recht zurückhaltend mir gegenüber, da wohl keiner weiß, wer ich bin und was meine Funktion hier sein soll.

Dann schickt Roberto mich direkt ins Büro zu Juan Carlos, dem Chef. Er ist ein Señor im höheren Alter, der gerade mit einem anderen jüngeren Kollegen spricht, der Carlos heißt und etwas wohlgenährt ist. Juan Carlos und Carlos: Der Name Carlos scheint recht beliebt zu sein, denke ich. Die beiden *Carlosse* begrüßen mich freundlich, und siehe da, der junge Carlos spricht Englisch. Ich merke nun, wie schnell die

Scheu vor Fremden auf der chilenischen Seite verflogen ist, während ich noch etwas Zeit brauche.

Der Chef Juan Carlos redet nicht viel und kommt gleich zur Sache: «¿Quieres ducharte con él?» und zeigt auf den jungen, kräftigen Kollegen. Ich zucke nur mit den Schultern, da ich kein Wort verstanden habe.

«¿No quieres ducharte con él? ¡Pero él tiene pechos muy grandes!»

Ich sehe zwei kichernde Männer, die mich erwartungsvoll anschauen. Ich lächele verunsichert, aber bin froh, dass sie lachen und nicht über meine nicht vorhandenen Sprachkenntnisse schimpfen. Der junge Carlos erklärt mir nun auf Englisch, dass der Chef mich gefragt hat, ob ich mit ihm duschen will, weil seine Brüste so groß sind und fügt hinzu, dass Juan Carlos eben der Chef ist und solche Witze über ihn machen darf. Ich lache nun auch, bin aber völlig überrascht von diesem ersten Gespräch. Ich habe noch nie erlebt, dass in Deutschland mir ein neuer Chef zur Begrüßung die Frage stellt, ob ich mit einem Kollegen duschen will. Das kann ja witzig werden.

Ich bekomme einen Mechaniker-Anzug und Sicherheitsschuhe und gehe in die Umkleidekabine, um mich umzuziehen. Als ich wiederkomme, erwartet mich schon ein junger Mechaniker, sein Name ist Matías. Er führt mich durch die Halle und zeigt mir alles. Er zeigt mir die verschiedenen Stationen, an denen die Motoren auseinandergenommen werden, und zuletzt den Motorenprüfstand. Mir kommt das alles glücklicherweise aus meiner Firma in Deutschland sehr bekannt vor, da ich seinen Erklärungen, die er extra für mich schon auf wenige Worte reduziert hat, nicht folgen kann.

Die Zurückhaltung der Arbeiter in der Halle hat keine fünf Minuten angedauert. Sobald ich vorgestellt wurde, wurden schon die ersten Witze gemacht. Der englischsprechende Carlos arbeitet eigentlich in einer anderen Halle und ist nun nicht mehr dabei, so dass ich versuche, möglichst viel zu verstehen, denn hier spricht niemand Englisch. Ich fange sofort an, die neuen Worte in mein Notizbuch zu schreiben.

Ein etwa dreißigjähriger, sehr lässig wirkender Typ nimmt mich voll unter seine Fittiche. Er wirkt vollkommen begeistert, endlich mal ein wenig Abwechslung durch den Alien aus Deutschland zu haben. Er scheint recht frech zu sein, stupst mich ständig an und klopft mir auf die Schulter.

«¡Fuerza alemana!», sagt er, während er mir in den Bizeps kneift. Das Klischee des großgewachsenen, blonden Deutschen kann ich aber nicht erfüllen, denn ich bin weder sonderlich groß noch blond. Er stellt sich mir als David vor, wird aber von allen nur Parra gerufen, was sein Nachname ist. Ich beschließe, höflich wie ich bin, ihn als David anzusprechen.

Plötzlich kommt Roberto wieder um die Ecke und zeigt auf David Parra: «¡Mira, él es un flaite!» Er schiebt den Ärmel des Blaumanns seines Kollegen hoch und zeigt auf die Tribal-Tätowierung und ruft: «¡Flaite!»

Das lockt auch die anderen Kollegen an. Alle steigen in das Gelächter mit ein, während David seinen tätowierten Oberkörper freimacht, kurz zum Spaß posiert und dafür seinen Oberarm anspannt.

Langsam verstehe ich, ein Flaite ist in Chile so etwas wie ein Prolet. Der chilenische Humor geht häufig auf Kosten anderer, ohne es wirklich böse zu meinen.

Übersetzungen und Erklärungen zum Kapitel:

«¡Aquí no caminas solo!»

Hier läufst du nicht allein!

Das Verb *caminar* heißt *laufen* und *aquí* oder auch *acá* bedeutet *hier*.

«¡Más tarde te voy a mostrar un flaite!»

Später werde ich dir einen Flaite zeigen.

tarde bedeutet *spät* und *más tarde* bedeutet wörtlich *mehr spät* - also wird es mit *später* übersetzt. Die Steigerungsform wird immer mit *más* gebildet.

Das Verb *ir – gehen,* wird hier als Hilfsverb verwendet und ist eine Möglichkeit, ein zukünftiges Ereignis oder ein Vorhaben auszudrücken – ähnlich wie das deutsche Wort *werden*. Gebildet wird diese Zukunftsform mit der Präposition *a* (wörtliche Übersetzung: *zu* oder *nach*) und der Grundform, dem Infinitiv, vom Hauptverb, hier: *mostrar - zeigen*. Anzumerken ist noch, dass bei der Präsenskonjugation die einzelnen Verbformen (wie z.B. *voy*) vollkommen von der Grundform *ir* abweichen.

yo voy a mostrar – ich werde zeigen

tú vás a mostrar – du wirst zeigen

él / ella va a mostrar – er / sie wird zeigen

nosotros / nosotras vamos a mostrar – wir werden zeigen

ustedes van a mostrar – ihr werdet zeigen

ellos / ellas van a mostrar – sie werden zeigen

«¡Con mucho gusto!»

Mit großem Vergnügen! oder *Mit großer Lust!* oder einfach *Sehr gerne!* sind passende Übersetzungen.

«No quieres ducharte con él? ¡Pero él tiene pechos muy grandes!»

Willst du nicht mit ihm duschen? Aber er hat sehr große Brüste!

querer ist ein sehr häufig verwendetes Verb und wird wie folgt konjugiert:

Präsens-Konjugation von querer:

yo quiero – ich will

tú quieres – du willst

él / ella quiere – er / sie will

nosotros / nosotras queremos – wir wollen

ustedes quieren – ihr wollt

ellos / ellas quieren – sie wollen

tiene kommt vom Verb *tener – haben*

Präsens-Konjugation von tener:

yo tengo – ich habe

tú tienes – du hast

él / ella tiene – er / sie hat

nosotros / nosotras tenemos – wir haben

ustedes tienen – ihr habt

ellos / ellas tienen – sie haben

«¡Fuerza alemana!»

Als *Deutsche Kraft* oder *Deutsche Stärke* könnte man diesen Ausdruck übersetzen. *la fuerza* heißt *die Kraft*

«¡Mira, él es un flaite!»

Guck mal, er ist ein Flaite!

¡Mira! heißt im Deutschen *Guck mal!* oder *Schau mal!* und hört man immer wieder, wenn jemand einen auffordert, irgendwo hinzuschauen oder einfach nur Aufmerksamkeit fordert.

DER CHILENISCHE HUMOR

In der ersten Woche am neuen Arbeitsplatz sammle ich viele neue Eindrücke. Die Firma ist relativ groß und hat drei verschiedene Abteilungen. Ich bin in der Motorenwartungswerkstatt, die aufgrund des heißen Wetters offen ist. Das Tor steht immer weit auf, und viele Arbeiten finden draußen unter einem Vordach statt. Motoren werden zerlegt, gereinigt und wieder zusammengebaut. Auch ein Prüfstand ist vorhanden, auf dem die Motoren stundenlang zur Probe laufen können. Zwischendurch fahren die Mechaniker zu den Minen und zu den Firmen, um kaputte Motoren dort zu reparieren oder mitzunehmen und auszutauschen. Die Atmosphäre ist aber ganz anders als bei uns in Deutschland: Es wird viel mehr gescherzt, dabei sind Witze unter der Gürtellinie besonders beliebt. Dennoch ist es immer sehr herzlich, allerdings wirkt alles oft etwas planlos im Vergleich zu meiner Heimatfirma. Diese Planlosigkeit bekomme ich auch sofort zu spüren, denn ich weiß immer noch nicht, was eigentlich meine Aufgabe hier ist. Der Chef macht auch wenig Anstalten, die Initiative zu ergreifen, um mir zu erklären, was ich machen soll. Juan Carlos sitzt den ganzen Tag im Büro und spielt mit anderen Abteilungsleitern Backgammon, woraus er kein Geheimnis macht. Hinter einer Glasscheibe kann man ihn jeden Tag beobachten, wie er mit verschiedenen Leuten spielt. Die Hierarchien sind hier schon sehr deutlich ausgeprägt: Der Chef kann machen, was er will, und die Hilfsarbeiter, wie zum Beispiel David Parra, arbeiten für drei Leute. Ich gebe mir nun richtig Mühe mit meinem Spanisch, denn es ist unerträglich, sich nicht ausdrücken zu können oder nichts zu verstehen, wenn um einen herum geredet wird. Ständig habe ich das Gefühl, dass über mich gesprochen wird, wenn ich etwas nicht verstehe.

In der ersten Woche habe ich das Gefühl, dass ich ständig im Weg rumstehe. Ich versuche, den anderen immer meine Hilfe anzubieten. «¿Necesitas ayuda?», habe ich mir als Phrase raufgeschafft. Und meistens höre ich: «¡No, gracias!» Sie wollen mit mir scherzen und sprechen, aber nicht wirklich mit mir zusammenarbeiten, das frustriert mich sehr. Oder haben sie Angst, dass sie nicht mehr genug eigene Arbeit haben und vor die Tür gesetzt werden, denn so einen richtigen Kündigungsschutz gibt es anscheinend in Chile nicht, jedenfalls nicht bei den Hilfsarbeitern. Die Mechaniker stehen eine Hierarchiestufe über den Hilfsarbeitern und haben rote Polohemden an, so dass sie auch als solche zu erkennen sind. Sie geben in der Halle den Ton an.

Auch Roberto trägt ein rotes Polohemd, und ich frage ihn etwas verzweifelt: «¿Qué puedo hacer?» Das bedeutet: *Was kann ich machen?* Er schaut mich an und antwortet: «No sé. ¡Pregúntale a él!» Er zeigt dabei auf den Vorarbeiter Pedro, mit dem ich bis jetzt kein einziges Wort gesprochen habe. Pedro flitzt immer durch die Halle und ist so etwas wie die ausführende Hand von Juan Carlos. Zumindest spielt er kein Backgammon, sondern kümmert sich um alles und gibt Anweisungen. Ich schaue Roberto etwas eingeschüchtert an, denn zum einen kann ich nicht sprechen, zum anderen weiß ich nicht, wie ich fragen soll. Fernando, ein anderer Mechaniker, wird von der Seite auf Roberto und mich aufmerksam. «¡Pregúntale, pregúntale!», sagt Roberto wieder, angestachelt durch den Zuschauer Fernando. «¿Y cómo pregunto?», frage ich, da ich nicht weiß, wie ich fragen soll. Roberto sagt: «Dile: ¡Anda a trabajar!» – «¿Cómo?», frage ich wieder. Diese Worte sagen mir nun gar nichts. Roberto wiederholt es ganz langsam, nur für mich: «¡Anda a trabajar!»

Ich denke, das ist ja nett, dass er die Worte für mich nochmal wiederholt, jetzt muss ich auch fragen.

Ich gehe langsam zu Pedro. Während meiner fortschreitenden Schritte höre ich hinter mir ein unterdrücktes Kichern und denke, die verarschen mich doch. Oder lachen die nur über mein Spanisch? Doch ich komme gar nicht dazu, den Gedanken zu Ende zu führen, weil ich schon vor Pedro stehe. Pedro schaut mich streng an, und ich sage vorsichtig: «¡Anda a trabajar!» Pedro schaut mich noch komischer an und sagt schließlich: «¡Ellos son muy malos!», während sich hinter mir das Gekicher von Roberto und Fernando in ein schallendes Gelächter verwandelt. Mir ist das äußerst unangenehm, und ich zücke mein Notizbuch, um *anda a trabajar* hineinzuschreiben. Ich muss erstmal verstehen, was ich da gesagt habe, bevor ich sauer sein kann.

Im Laufe der Woche gewöhne ich mir an, auch über mich selbst zu lachen und mich immer ein bisschen dumm zu stellen, dadurch fällt es mir leichter, die fehlenden Sprachkenntnisse zu ertragen. Wenn man sich selbst schon nicht ernst nimmt, dann macht man sich unangreifbar. Außerdem merke ich, wie sich meine chilenischen Kollegen auch untereinander übereinander lustig machen. Der englischsprechende Carlos stand mit mir neben Fernando, der überhaupt kein Wort Englisch versteht und sagte mir immer wieder auf Englisch, während er auf Fernando zeigte, *guck mal, wie hässlich der ist.* Ich konnte gar nicht so richtig darüber lachen, aber ich weiß ja jetzt, wie es gemeint war – jedenfalls nicht böse. Wahnsinn dieser chilenische Humor.

Übersetzungen und Erklärungen zum Kapitel:

«¿**Necesitas ayuda?**»

Brauchst du Hilfe?

Das Verb *necesitar - brauchen* wird regelmäßig konjugiert.

«¿**Qué puedo hacer?**»

Was kann ich machen?

poder ist ein essentielles Verb, das *können* heißt, und die Konjugation in der Präsensform weicht von der Grundform ab. Wie im Deutschen steht durch *puedo* das Verb (hier: *hacer – machen)* in der Grundform. Beim Verb *hacer* weicht nur die erste Person Singular vom Wortstamm ab und wird unregelmäßig gebildet.

Präsens-Konjugation von poder:

yo puedo – ich kann

tú puedes – du kannst

él / ella puede – er / sie kann

nosotros / nosotras podemos – wir können

ustedes pueden – ihr könnt

ellos / ellas pueden – sie können

Präsens-Konjugation von hacer: machen

yo hago – ich mache

tú haces – du machst

él / ella hace – er / sie macht

nosotros / nosotras hacemos – wir machen

ustedes hacen – ihr macht

ellos / ellas hacen – sie machen

«No sé. ¡Pregúntale a él!»

Ich weiß es nicht. Frag ihn!

Das Verb *saber – wissen,* kennen wir bereits. *Frag ihn zu ihm* könnte man *¡Pregúntale a él!* wörtlich übersetzen. Man sieht das die Konstruktion der Aufforderung im Spanischen etwas anders als im Deutschen ist. Das Personalpronom *le – ihn* wird einfach an die Befehlsform *pregunta* rangehängt.

«¡Pregúntale, pregúntale!»

Frag ihn, frag ihn!

Hier eine weitere Möglichkeit und kürzere Form der Aufforderung.

«¿Y cómo pregunto?»

Und wie frage ich?

Das Verb *preguntar* – *fragen* taucht auch immer wieder auf und wird regelmäßig konjugiert.

«Dile: ¡Anda a trabajar!»

Sag ihm: Fang an zu arbeiten!

Auch hier haben wir zweimal die Befehlsform von *decir* - *sagen* und von *andar* – *anfangen, starten, fahren,* die meist der 3. Singular entspricht, wenn man eine Person anspricht. Allerdings ist *di* hier eine Ausnahme, die man sich merken muss, denn die 3. Person Singular ist *dice* und damit abweichend. Während *andar* regelmäßig konjugiert wird, ist bei *decir* die 1. Singular abweichend, und das *e* im Wortstamm wird in einigen Personen durch ein *i* ersetzt.

Präsens-Konjugation von decir:

yo digo – ich sage

tú dices – du sagst

él / ella dice – er / sie sagt

nosotros / nosotras decimos – wir sagen

ustedes dicen – ihr sagt

ellos / ellas dicen – sie sagen

andar zieht (wenn es wie hier mit *anfangen* übersetzt wird) die Präposition *a* – *zu/nach* nach sich.

«¡Ellos son muy malos!»

Sie sind sehr böse! oder *Sie sind sehr gemein!*

¡CÁLLATE!

Halt den Mund!

Die Anfangseuphorie meiner chilenischen Kollegen ist schnell verflogen. Die ersten drei Tage war ich das Highlight. Vor allem die Hilfsarbeiter sahen in mir das Tor zur Welt, denn viele von ihnen werden wohl ihr ganzes Leben Santiago gar nicht verlassen können. Für das spärliche Gehalt bekommt man nur das Nötigste, und lediglich eine Wohnung oder eine Hütte in diesem ärmlichen Barrio Renca kommt für das Budget in Frage. Die Mechaniker kommen meist aus besseren Stadtteilen und der Chef sowieso. Ich bin völlig überrascht, wie sehr hier der Stadtteil, aus dem jemand kommt, eine Rolle spielt.

Nach einer Woche habe ich das Gefühl, meine Anwesenheit nervt meine Kollegen nur noch. Ein bisschen fühle ich mich wie ein neues Spielzeug, von dem das Kind anfangs völlig begeistert ist, aber das nach drei Tagen in der Ecke liegt. Allerdings gefällt mir das warme Klima unter den Kollegen, denn es wird viel mehr geredet als in Deutschland und eben auch viel mehr gelacht und geteilt. Es geht alles etwas menschlicher zu, auch wenn die Denkweisen teilweise noch etwas rückständig sind: Witze über Homosexualität, über die Hautfarbe, über die Herkunft oder über die Figur werden hemmungslos herausposaunt. Auch das Nazideutschland ist sofort Thema und dient dazu, mich herauszufordern. Für die Kollegen ist das dunkle Kapitel Deutschlands eine willkommene Einladung für Witze, die man in Deutschland besser nicht machen sollte. Nach drei Wochen ist es mit meinen Spanischkenntnissen schon möglich, mich ein bisschen besser zu verteidigen und kann so zeigen, dass auch ich, der kühle Deutsche, Humor habe. Je besser mein Spanisch wird, desto mehr werde ich ernst genommen. Es wird immer mehr mit mir und nicht nur über mich gelacht.

Sergio, ein junger Hilfsarbeiter, fragt mich an einem Feierabend:

«¿Jonas, eres el hijo de Adolf Hitler?»

Sergio ist einem älteren Mechaniker als Hilfsarbeiter zugeteilt. Natürlich durschaue ich, dass er auf meine Kosten, seinem Kollegen ein Lächeln schenken will. Dabei bin ich ein leichtes Opfer, als jemand, der kaum sprechen kann. Ich überlege kurz: *Mmm bin ich der Sohn von Adolf Hitler? Wohl kaum, du Arschloch.* Ich finde diesen Witz auch gerade nicht lustig. Nichts gegen schwarzen Humor, aber in diesem Moment ist mir der Angriff zu offensichtlich, als dass ich da irgendetwas lustig dran finden kann.

«Sergio, no soy el hijo de Adolf Hitler. Pero tú eres el hijo de Pinochet, ¿o no?» Ich bin gar nicht mal so stolz auf meinen Konter, sondern vielmehr auf meinen spanischen Satz. Vor allem das *¿o no?* als *oder nicht?* habe ich mir angewöhnt, es ist so schön herausfordernd. Mit der Hitler-Frage und der Pinochet-Antwort fühle ich mich ein bisschen wie im Kindergarten, aber gut, wenn er Kindergarten will, dann bekommt er eben Kindergarten.

Sergios Witz hat nicht funktioniert, keiner lacht, denn meine Antwort hat ihn und seinen Mechaniker-Chef verunsichert. Ich hoffe, ich konnte ihm damit zeigen, dass die Nazizeit in Deutschland mindestens ein genauso sensibles Thema ist wie die Pinochet-Diktatur in Chile. Viel später sollte ich dann erfahren, dass sich manche durch einen Pinochet-Vergleich sogar geschmeichelt fühlen, da es bis heute noch viele Chilenen gibt, die Pinochet nicht unbedingt als schlecht ansehen. Trotzdem wurde mein Unmut deutlich, und das war wichtig. Ich gehe nach Hause.

Mittlerweile hat Roberto keine große Lust mehr, mich mitzunehmen. Schnell hat er gemerkt, dass ich keine gute Unterhaltung bin. Außerdem muss er einen Riesenumweg fahren, um mich abzuholen oder nach Hause zu bringen. Am Ende hat er mich nur noch zur nächsten U-Bahn-Station gebracht, wofür ich ihm aber trotzdem sehr dankbar war. Ich wollte ihm auch nicht zur Last fallen und informierte mich, so gut es ging, wie man mit dem öffentlichen Nahverkehr von Providencia nach Renca kommt. Dorthin fährt ein Bus, und ich finde die direkte Busverbindung sehr bequem. Ich bin nun sehr froh, etwas unabhängiger zu sein, obwohl mich alle davor warnten, alleine nach Renca zu fahren. Vom *Plaza de Renca* kann ich entweder in den nächsten Bus umsteigen oder 20 Minuten laufen. Ich entscheide mich meist für das Laufen.

Es ist ein Weg, auf einem löchrigen Bordstein, und auch die Straße ist staubig. Der Weg führt vorbei an den kleinen Kiosken, Läden und Hütten, die ich bereits aus dem Autofenster gesehen habe. Es wirkt alles so herrlich ungeplant und improvisiert, was aber sicherlich der Armut in diesem Stadtteil geschuldet ist. Nun bin ich mittendrin, und es gefällt mir. Es ist so herrlich authentisch, so wie man sich Südamerika vorstellt und keine Scheinwelt wie das schicke Providencia. Witzig finde ich, dass mich fast jeden Tag zwei Straßenhunde zur Arbeit begleiten. Sie schnüffeln ein wenig an mir, und dann trotten sie neben mir her. Nach drei Tagen kaufe ich ihnen unterwegs eine Kleinigkeit zum Essen und gewinne sie richtig lieb und sie mich auch, obwohl sie wahrscheinlich auch auf meine Mitbringsel spekulieren.

Natürlich spreche ich mit den Hunden auf Spanisch:

«¡Buenos días, perros! ¿Cómo están?»

Mittlerweile habe ich verstanden, dass in Lateinamerika die zweite Person Plural mit der dritten Person Plural identisch ist. In meinem Spanisch-Buch, in dem Spanisch aus Spanien gelehrt wird, heißt es «¿Cómo estáis?», wenn man mehrere Menschen oder eben Hunde in der Du- beziehungsweise Ihr-Form anspricht. Ich finde es gut, dass es in Lateinamerika etwas einfacher ist, aber noch besser finde ich, dass den Hunden meine Grammatik völlig egal ist. Das gefällt mir sehr gut. ¡Me gusta mucho!

DIE MOTOREN-REINIGUNG

Da ich mir verstärkt Aufgaben selbst gesucht habe und mich auch schon ein klein wenig ausdrücken kann, fühle ich mich mittlerweile in den Arbeitsalltag besser integriert. Endlich mach ich das, wofür ich gekommen bin, nämlich Motoren zu warten und mit meinen Deutschkenntnissen zu helfen. Ich baue alte Industriemotoren für die Maschinen in den chilenischen Minen zusammen. Die Anleitungen für den Zusammenbau sind auf Deutsch. Nun bin ich gerade dabei, einen ausgebauten Motor wieder zusammenzusetzen. Ein Hilfsarbeiter, der mir zugeteilt ist, greift mir unter die Arme, aber eigentlich gibt er den Ton an.

«¡Bájalo, bájalo!», ruft er, als wir das Motorgehäuse mit dem Deckenkran in eine Montagevorrichtung hieven. Was meint er bloß? «Bajar», ruft er, als er merkt, dass ich wieder mal nichts verstehe. Ah okay, *runterlassen,* und das *lo* meint wohl, so etwas wie *es* im Deutschen. So wie: *Lass es runter!* Als ich die Motorkette runterlasse und er aufhört zu schreien, merke ich, dass ich mit meiner Vermutung richtig liege.

Mein neuer chilenischer Freund hat kein Problem damit, mich in seine Hilfsarbeiten einzuspannen, wie die Reinging der Motoren oder die Halle zu fegen. Hierfür bin ich eigentlich nicht hergekommen, aber ich merke, dass ich bei meinen Aufgaben durch das Sprachproblem allein eben auch nicht weiterkomme. Außerdem gibt es nichts Schlimmeres für mich als im Weg rumzustehen und nichts zu tun, also helfe ich ihm gerne.

«¡Tú me ayudas y yo te ayudo!», heißt der Pakt, den wir geschlossen haben, mit dem ich vollkommen einverstanden bin.

Nun helfe ich dem zwanzigjährigen Darwin, keine Ahnung woher er den Namen hat, einen Motor sauberzumachen. Der Motor wurde schon fertig montiert und läuft wieder rund. Hier in der Waschecke und außer Sichtweite der Kollegen machen wir erstmal eine Pause, nachdem wir den Motor gründlich gesäubert und poliert haben. Darwin zeigt mir ein Foto von seiner 20 Jahre älteren Freundin, mit der er ein Kind erwartet. Für seine Kollegen ist dieser ungewöhnliche Altersunterschied natürlich eine Steilvorlage für dämliche Witze, aber die sind gerade nicht hier. Ich bin neugierig und freue mich außerdem, dass er so geduldig mit mir spricht.

«Ella es mi polola», sagt Darwin und hält mir das Foto hin. *Polola* ist chilenische Mundart, sonst heißt es *novia* im Spanischen, also *Freundin*. Mir gefällt die Frau auf dem Bild.

«Ella es bonita», sage ich freundlich. Ich habe mir schon das Zwischenmenschliche der Chilenen zu eigen gemacht und hätte auch gesagt, dass sie schön ist, wenn ich sie nicht schön finden würde, um Darwin ein gutes Gefühl zu geben, aber ich finde die Frau wirklich hübsch.

«Sí, muy bonita. ¿Y cómo son las mujeres en Alemania? ¿Rubias?», fragt er mich, während er das Foto küsst. Na ja, nicht alle sind blond und haben blaue Augen, denke ich. Ich sage einfach: «Hay mujeres lindas y mujeres feas.» Was soll ich auch anderes sagen, es gibt überall hässliche und schöne Frauen und Männer. Wir lachen beide über meine überflüssigen Worte.

Während wir so sitzen, zeigt er mir einen Zettel – seine Gehaltsabrechnung für den letzten Monat: «¿Poco, o no?», er schaut mich fragend an: «¿Cuánto ganas en Alemania?»

Ich erschrecke ein bisschen, als ich die Zahl auf dem Zettel sehe, er arbeitet doch von Montag bis Freitag in Vollzeit und muss als Hilfsarbeiter sogar manchmal samstags kommen.

Ich sehe 400.000 chilenische Pesos auf dem Zettel für den ganzen Monat stehen und trotzdem teilt er sein Frühstück mit mir. Ich komme mir etwas schäbig vor, als ich das umrechne und merke, dass der Verdienst mit dem Gehalt eines Minijobbers bei uns in Deutschland vergleichbar ist. Ich dachte, Chile wäre das reichste Land in Südamerika. Wie sieht es dann in den anderen Ländern aus? Ich traue mich nun nicht zu sagen, was ich verdiene, möchte ihn nicht verletzen und antworte nur:

«Un poco más.»

Ich sehe, dass Darwins Laune im Keller ist, und er tut mir richtig leid. Aber seine Laune steigt wieder, und seine Augen leuchten, als er mir sagt: «¡Ahora voy a hacer la limpieza final!»

Ich staune nicht schlecht, als er seelenruhig mit einer Zigarette im Mundwinkel in den Motor pinkelt, den wir vorher zwei Stunden so gründlich gereinigt haben. Nach seiner Erleichterung verpackt er den Motor, damit dieser ausgeliefert werden kann. ¡Qué locura! Ich lerne hier nicht nur Spanisch, sondern auch viel fürs Leben: Man sollte seine Angestellten immer vernünftig bezahlen.

Übersetzungen und Erklärungen zum Kapitel:

«¡Tú me ayudas y yo te ayudo!»

Du hilfst mir und ich helfe dir!

Hier sieht man wieder, wie der Dativ *me – mir* dem Verb vorangestellt ist.

«¿Y cómo son las mujeres en Alemania? ¿Rubias?»

Und wie sind die Frauen in Deutschland? Blond?

rubias bezieht sich auf die Frauen und ist deswegen weiblich und steht im Plural. Der Singular ist je nach Geschlecht *rubio* oder *rubia.*

«¿Cuánto ganas en Alemania?«

Wie viel verdienst du in Deutschland?

Das Verb *ganar* wird regelmäßig konjugiert und heißt *verdienen* oder auch *gewinnen*.

«Un poco más.»

Ein bisschen mehr!

«¡Ahora voy a hacer la limpieza final!»

Jetzt werde ich die Abschlussreinigung machen.

Das Futur bzw. die Absicht, was man demnächst tun möchte, wird wieder mit dem Verb *ir* gebildet, der Präposition *a* und dem Infinitiv. Hier in der 1. Person Singular: *(yo) voy a hacer*

¡Qué locura!

Wahnsinn.

Wörtlich übersetzen könnte man die Phrase *Was für ein Wahnsinn! loco* heißt *verrückt* und *la locura – der Wahnsinn*

¡SÍ, CLARO HUEVÓN!

An die lange Mittagspause habe ich mich mittlerweile gewöhnt, und ich genieße sie. Ich habe mich in ein leeres Schrottregal, in dem sonst Motorteile liegen, gelegt und döse vor mich hin. Die Mittagssonne brennt so stark, also wird bis 14:30 Uhr Pause gemacht. 2,5 Stunden Mittagspause waren mir völlig neu. Ich lasse die Zeit in der Werkstatt und in Chile in Gedanken ein wenig Revue passieren. Die Familie ist toll und die Arbeit trotz der anfänglichen Schwierigkeiten und dem chilenischen Macho-Gehabe witzig. Noch witziger finde ich, dass ich meine grundlegenden Spanischkenntnisse in einer chilenischen Werkstatt erlangt habe, also zunächst die spanischen oder vielmehr die chilenisch spezifischen Schimpfwörter. *Huevón* – dieses Wort ist besonders wichtig und wird fast an jeden Satz gehängt. Es kann je nach Betonung *Kumpel* oder *Idiot* bedeuten. Es wird in Chile auch manchmal *weón* geschrieben, was der deutschen Aussprache entspricht, genauso wie *wekito* oder *huequito*, das von *hueco* kommt und die Verkleinerungsform von *hueco* ist. Der sexuelle Bezug der Übersetzung *Loch* beziehungsweise *Löchlein* ist in Chile naheliegend und ist eine abwertende Bezeichnung für Homosexuelle. Da ich jedoch in einer modernen deutschen Großstadt aufgewachsen bin und homosexuelle Menschen zu meinem Freundeskreis zähle, trifft mich diese Pseudo-Beleidigung überhaupt nicht. Wenn ich morgens von Fernando begrüßt werde mit: «¡Hola, huequito alemán!», antworte ich nur mit einem Lächeln: «¡Hola, huequito chileno!» Auch wenn viele Witze politisch völlig unkorrekt sind, spielt Lachen eine große Rolle, und das gefällt mir wirklich gut. Zumal die Chilenen einen ziemlich schnell ins Herz schließen, und wenn man verstanden hat, dass Beleidigungen immer mit einem Augenzwinkern gemeint sind, dann ist es eigentlich sogar ein sehr liebevoller Umgang. Je näher man einer Person steht, desto mehr wird man von dieser Person beleidigt. Ein Außenstehender, der anders sozialisiert ist und nur eine Woche in einer Werkstatt in Renca wäre, würde denken, die Leute sind hier völlig verrückt. Gleich am ersten Tag hörte ich aus jeder Ecke, wenn geflucht wurde: «¡Conchetumadre!» Anfangs habe ich nicht verstanden, was das bedeuten soll und fand auch nichts im Wörterbuch. Bis mich dann David Parra freundlicherweise aufgeklärt hat:

«¿David, qué significa *conchetumadre*?», natürlich wollte ich mit der Frage auch ein Lachen auslösen, denn mir war schon klar, dass die Bedeutung nicht stubenrein sein kann.

«Jonas, weón, mira, concha de tu madre.», sagte er langsam und lachte. Ich lachte auch, denn durch das Wort Mutter am Ende, konnte ich mir die Bedeutung leicht erschließen. Die Beleidigung der Mutter scheint eine Art internationale Konvention zu sein.

Bisher habe ich in meinen vier Wochen hier nur gearbeitet. Meine chilenischen Kollegen schwärmen mir immer wieder von Valparaíso und Viña del Mar vor.

«¡Necesitas visitar las playas en Viña del Mar! ¡Son las playas más hermosas del mundo!» Ich kann mir zwar nicht vorstellen, dass es die schönsten Strände der Welt sind, aber ich mag diese chilenischen Übertreibungen und die Überschwänglichkeit. Natürlich möchte ich da hin.

«¿Y cómo puedo llegar?», frage ich Sergio und David.

«Hay buses desde la estación central. No son costosos», antwortet mir Sergio, während David mir den Arm auf die Schulter legt. Was heißt denn verdammt nochmal *costoso*.

«¿Son baratos?», frage ich, um zu erfahren, ob die Fahrt günstig ist.

«¡Sí, son baratos y no costosos!», antworten beide im Chor.

Sie erklären mir, dass es einen Bus gibt, der nur etwa zwei Stunden von Santiago braucht. Ich habe eine Idee, vielleicht frage ich einfach den Backgammon-spielenden Juan Carlos mal, ob er mir eine Woche frei gibt, damit ich sein schönes Land kennenlernen kann. Denn bisher kenne ich nur Santiago und davon auch nur zwei Stadtteile. Es schmeichelt ihm bestimmt, wenn ich ihn so frage, schließlich bin ich nach meinem Chileaufenthalt so etwas wie der Botschafter in Deutschland, der überall rumerzählen soll, wie schön Chile doch ist.

«¡Sí claro!», sagt Juan Carlos und guckt mich lächelnd an. «¡Tenemos en Chile las mejores playas del mundo!» Das habe ich doch gerade schon gehört. Ich bin mir sicher, ein Argentinier oder ein Peruaner würde dasselbe von seinem Land behaupten. Ich strecke meinen Daumen nach oben – diese Geste ist international und hat mir hier bisher geholfen, auszudrücken, wenn mir etwas besonders gut gefällt.

Ich freue mich riesig: Kein Urlaubsantrag, keine Abstimmung, nicht einen Zettel ausfüllen, einfach nur ein *sí, claro* vom Werkstattpascha. Das war einfacher als ich dachte und als ich es gewohnt bin. Nun bin ich überglücklich, dass ich nächste Woche Urlaub machen darf.

Übersetzungen und Erklärungen zum Kapitel:

«¡Necesitas visitar las playas en Viña del Mar! ¡Son las playas más hermosas del mundo!»

Du musst die Strände in Viña del Mar besuchen! Das sind die schönsten Strände der Welt!

necesitar funktioniert hier als Hilfsverb und wird mit *brauchen* übersetzt. *nececitas visitar* bedeutet also *du brauchst besuchen,* was im Deutschen mit *du musst besuchen* übersetzt wird.

«¿Y cómo puedo llegar?»

Und wie komme ich dahin?

Die wörtliche Übersetzung ist eigentlich: *Und wie kann ich ankommen?*

«Hay buses desde la estación central. No son costosos.»

Es gibt Busse von der zentralen Haltestelle. Sie sind nicht teuer.

Die zentrale Haltestelle oder eigentlich auch *der zentrale Busbahnhof* wird als *estación central* bezeichnet.

«¿Son baratos?»

Sind sie günstig? Hier sieht man wieder, wie auf das Personalpronomen verzichtet wird. Aus *son* von *ser* ergibt sich automatisch die dritte Person Plural.

«¡Sí, son baratos y no costosos!»

Ja, sie sind günstig und nicht teuer!

«¡Tenemos en Chile las mejores playas del mundo!»

Wir haben in Chile die schönsten Strände der Welt!

las mejores ist der Superlativ zu der Steigerungsform *mejor – besser.*

Die Steigerungsform wird — wie im Kapitel *Flaite* beschrieben — mit *más* gebildet und der Superlativ mit einem Artikel:

bonito/bonita - más bonito/bonita - el, la, lo más bonito/bonita

schön – schöner - am schönsten

Im Spanischen ist der Superlativ kein Adjektiv wie im Deutschen, sondern wird wörtlich mit *der, die, das schönste* übersetzt.

Es gibt im Spanischen bei Adjektiven zwar eine Wortendung, die auf einen Superlativ hindeutet, nämlich die Endung *…ísimo,* wie beispielsweise bei *buenísimo* oder *muchísimo,* jedoch entspricht diese nicht der absoluten Steigerungsform und wird mit *besonders gut – buenísimo* oder mit *besonders viel – muchísimo* übersetzt und nicht mit *am besten* oder *am meisten.*

VALPO INTERNACIONAL

Die Karten für den Bus nach Valparaíso waren wirklich nicht allzu teuer, dadurch habe ich versehentlich die 1. Klasse gebucht, da auch diese im Vergleich zu deutschen Preisen sehr günstig gewesen ist. Es gibt nur vier Plätze in der ersten Klasse, davon ist nur ein weiterer von einem Schweizer besetzt, der wohl ebenso wenig verstanden hat, dass er Tickets für die 1. Klasse gekauft hat. Wir kommen sehr schnell ins Gespräch und machen es uns bequem – man kann die Sitze in die Liegeposition zurückstellen und hat jede Menge Beinfreiheit. Die Chilenen, die hinten gequetscht im Bus sitzen, denken wahrscheinlich: *die reichen Europäer fahren nur 1. Klasse.* Dabei haben wir einfach nur nicht verstanden, was wir für Tickets kaufen, schließlich haben wir keinerlei Ahnung, was so ein Busticket überhaupt hier kostet.

An den folgenden Tagen in Valparaíso hängt sich der Schweizer an mich dran, denn er spricht überhaupt kein Spanisch. Ich weiß genau, wie er sich fühlt. Er sagt mir immer wieder, wie gut ich Spanisch spreche, was mir ein wenig schmeichelt. Allerdings weiß ich, dass wenn man selbst überhaupt kein bisschen die Sprache spricht, man ziemlich leicht zu beeindrucken ist, wenn jemand anderes die Sprache nur ein bisschen beherrscht.

«¡Disculpa! ¿Dónde hay un hostal?», fragte ich die Passanten und verstand sogar die Antwort auf meine Frage. Schließlich landen wir in einem Achtbettzimmer in einem kleinen Hostel, das natürlich viel günstiger als ein Einzelzimmer im Hotel ist. So ein Mehrbettzimmer hat den Vorteil, dass man sehr schnell Menschen kennenlernt, schließlich kommt man zwangsläufig ins Gespräch, wenn man sich mit jemandem das Schlafzimmer teilt. Eine Frau aus Schweden, ein US-

Amerikaner und drei Argentinier sind mit uns im Zimmer und belegen die anderen Betten – ein Bett ist leer. Ein Sprachenwirrwarr aus Deutsch, Englisch und Spanisch füllt den Raum. Bis auf den Schweizer spricht aber jeder Spanisch – sogar der US-Amerikaner ein bisschen.

«¿Vos qué haces acá?», fragt mich der kurzgewachsene Argentinier, der ein bisschen so aussieht wie der junge Diego Maradona in den Zwanzigern. Die Argentinier nutzen gerne *vos* anstatt *tú*, um jemanden anzusprechen. Als ich antworte, wie ich es aus der Werkstatt kenne, lachen die jungen Argentinier, die alle um die 20 Jahre alt sind.

«Mira, huevón, trabajo en Santiago y ahora tengo vacaciones una semana.»

Das *huevón* scheint hier weniger selbstverständlich zu sein als in der Werkstatt, wie ich es an der Reaktion bemerke.

«¡Muy bien, che!», antwortet Maradona, der witzigerweise auch Diego heißt. *Che* bedeutet in Argentinien so etwas wie *ey* oder *alter* und ist eine Form argentinischen Slangs. Nun verstehe ich auch, woher Che Guevara seinen Spitznamen hat, er sagte in jedem Satz *che*.

Ich finde diese sprachlichen Eigenarten wahnsinnig interessant. Dann stelle ich den Argentiniern meinen Reisekumpanen Michelle aus der Schweiz vor:

«Yo soy Jonas de Alemania y él es Michelle de Suiza. Suiza es el país del queso, de los cuchillos y de los relojes.»

Natürlich ist es lächerlich, ein Land auf Käse, Messer und Uhren zu reduzieren, aber mir macht es Spaß als

Sprachanfänger, die Länder wie aus Kinderaugen zu beschreiben.

«Somos Diego, Gabriel y Rodrigo de Buenos Aires y somos del país del Tango, de las mujeres más lindas del mundo y el vino más rico del mundo.»

Ich lache, denn es war klar, dass das südamerikanische Temperament wieder nicht mit Superlativen geizt, und Diego behauptet, den besten Wein und die schönsten Frauen der Welt in Argentinien zu haben. Alle bis auf den Schweizer lachen, bis ich ihm alles, so gut ich kann, übersetze und er auch lachen kann.

«¡En Alemania tenemos el mejor fútbol del mundo!», sage ich etwas provokativ, und alle lachen wieder.

Gabriel sagt: «¡Che, duermes con Diego Maradona en una habitación! ¡Mira, él es Diego Maradona!»

Ich verneige mich vor Diego, und als ich Michelle übersetze, dass wir mit Diego Maradona in einem Zimmer schlafen dürfen, verneigt er sich auch mit einem Lächeln.

Der etwa dreißigjährige US-Amerikaner amüsiert sich ebenfalls prächtig. Er sagt mit einem starken Akzent eines englischen Muttersprachlers:

«Yo soy Jacob, el gringo de Estados Unidos y tenemos la gente más gorda del mundo.»

Jeder kennt das Klischee des dicken US-Amerikaners mit einem Hamburger und einem Cola-Eimer auf dem Tisch. Ich finde es äußerst sympathisch, wenn jemand über sich selbst lachen kann, sich selbst als *Gringo* bezeichnet und sagt, dass in seinem Land die dicksten Menschen der Welt leben. Doch die Schwedin, die ich auf das gleiche Alter wie Michelle, Anfang 40, schätze, setzt noch einen drauf:

«Yo soy Ilka de Suecia y sólo tenemos muebles baratos en nuestro país.»

Wir liegen am Boden vor Lachen, während die Argentinier nicht so richtig verstehen, warum wir lachen. Wir klären sie auf und erzählen von dem großen Möbelhaus Schwedens, das nicht nur in Europa bekannt ist für seine preiswerten Möbel.

Es macht mir unheimlich Spaß so viele Nationalitäten in einem kleinen Raum zu erleben. Jeder ist anders sozialisiert, trotzdem sind wir doch alle gleich und können über die gleichen Dinge lachen. Die Interessen gliedern sich lediglich nach dem Alter und nicht nach der Herkunft. So wollen die Argentinier vor allem Party machen, Jacob will das Land sehen, Michelle und Ilka wollen entspannen und einen Wein trinken gehen. Letztere beiden haben sich schnell gefunden, und sie reden viel und intensiv miteinander in einem so guten Englisch, so dass da lediglich Jacob als Muttersprachler mithalten kann.

Mit Jacob rede ich jedoch nur Spanisch, das ist irgendwie fairer, denn mein Englisch ähnlich schlecht wie mein Spanisch, und so können wir zusammen lernen, ohne uns zu schämen oder Hemmungen zu haben. Schließlich ist sein Spanisch auch sehr brüchig.

Jacob sagt: «Es un poco triste, muchas personas hablan un idioma, el cual la mayoría de la gente en otros países no entiende, pero el inglés lo entiende todo el mundo.»

Ich muss erst überlegen, was er meint, bis ich verstehe, dass ich und der Schweizer hier mit Deutsch so eine Art Geheimsprache haben, genauso wie es zwei Schweden hätten oder auch zwei spanische Muttersprachler in einem anderen Land. Aber bei Englisch muss man immer damit rechnen, dass andere einen verstehen, denn Englisch muss fast jeder auf der Welt lernen.

Ich lache und sage zu ihm auf Deutsch: «Genau so sieht es aus!» Er guckt mich fragend an und lacht: «Exactamente así.»

Übersetzungen und Erklärungen zum Kapitel:

«¡Disculpa! ¿Dónde hay un hostal?»

Entschuldige! Wo gibt es ein Hostel?

Siehe Erklärung zu *hay* im Kapitel *La familia chilena*

«¿Vos qué haces acá?»

Was machst du hier?

qué ist das Fragewort *was*. *acá* oder *aquí* bedeutet jeweils *hier*.

«Mira, huevón, trabajo en Santiago y ahora tengo vacaciones una semana.»

Guck mal Huevón, ich arbeite in Santiago und jetzt habe ich eine Woche Ferien.

Wie im Deutschen wird *las vacaciones* nur im Plural verwendet - analog zu *die Ferien*.

«Yo soy Jonas de Alemania y él es Michelle de Suiza. Suiza es el país del queso, de los cuchillos y de los relojes.»

Ich bin Jonas, und er ist Michelle aus der Schweiz. Die Schweiz ist das Land des Käses, der Messer und der Uhren.

Der Genitiv wird hier mit der Präposition *de* gebildet, was man mit *von* übersetzt, also wörtlich *das Land von dem Käse.* Man sieht hier, dass *de* und *el* zu *del* zusammenschmelzen, so wie im Deutschen beispielsweise *von dem* zu *vom* wird.

«Somos Diego, Gabriel y Rodrigo de Buenos Aires y somos del país del Tango, de las mujeres más lindas del mundo y el vino más rico del mundo.»

Wir sind Diego, Gabriel und Rodrigo aus Buenos Aires, und wir sind aus dem Land des Tangos, der schönsten Frauen der Welt und des leckersten Weines der Welt.

el vino más rico ist ein gutes Beispiel für einen Superlativ mit dem zugehörigen Artikel *el.*

«¡En Alemania tenemos el mejor fútbol del mundo!»

In Deutschland haben wir den besten Fußball der Welt!

«¡Che, duermes con Diego Maradona en una habitación! ¡Mira, él es Diego Maradona!»

Hey, du schläfst mit Diego Maradona in einem Zimmer! Schau, er ist Diego Maradona!

«Yo soy Jacob, el gringo de Estados Unidos y tenemos la gente más gorda del mundo.»

Ich bin Jacob, der Gringo aus den Vereinigten Staaten, und wir haben die dicksten Leute der Welt.

la gente steht immer im Singular und wird mit *die Leute* übersetzt.

«Yo soy Ilka de Suecia y sólo tenemos muebles baratos en nuestro país.»

Ich bin Ilka aus Schweden, und wir haben nur günstige Möbel in unserem Land.

sólo wird mit *nur* übersetzt, kann aber auch *allein* bedeuten, wenn kein Akzent über dem ersten *o* steht. *yo estoy solo* oder, wenn man es als weibliche Person sagt, *yo estoy sola* bedeutet im Deutschen *ich bin allein.*

«Es un poco triste, muchas personas hablan un idioma, el cual la mayoría de la gente en otros países no entiende, pero el inglés lo entiende todo el mundo.»

Es ist ein bisschen traurig, dass viele Menschen eine Sprache sprechen, welche die meisten Menschen in anderen Ländern nicht verstehen, aber Englisch wird von allen verstanden.

todo el mundo ist eine bekannte Floskel im Spanischen für *alle* oder *jeder*

cual heißt *welche* und *el* bezieht sich auf *idioma, das* trotz seiner Endung auf *a* maskulin (und damit eine Ausnahme) ist.

DAS HAUS DES DICHTERS

Ja, was will ich eigentlich hier machen in Valparaíso? Zum Partymachen bin ich jedenfalls nicht hier. «Quiero ir a la playa», sage ich zu mir und mache mich an diesem Morgen auf den Weg. Mittlerweile kann ich nach dem Weg fragen, nach den Preisen fragen – ja ich kann sogar Smalltalk führen. Meine Bekanntschaft aus der Schweiz verbringt den Tag mit der Schwedin Ilka, die für ihn wohl wesentlich interessanter ist als ich. Wer soll ihm das übelnehmen? Ich freue mich, dass ich ein bisschen Zeit für mich habe und erkunde Valparaíso. Die bunten Häuschen mit den Graffitis an den Wänden sehen toll aus. Dazu die vielen Hütten auf den Berghügeln, es ist ein atemberaubendes Bild. Auch hier gibt es in fast jeder Straße freilaufende Hunde, die mich immer wieder begleiten. Ich fühle mich gut, ich kann dahin gehen, wo ich möchte und muss nirgendwo bei der Arbeit erscheinen. Schon als Kind hat mich das Meer magisch angezogen, also laufe ich instinktiv durch die engen Gassen, den Hügel herunter, immer Richtung Meer.

«¡Buenos días!», spricht mich ein Junge von etwa zwölf Jahren an. «¿Cómo estás?»

«Bien, gracias. ¿Y tú?», sage ich höflich mit einem Lächeln. Ich weiß mittlerweile, dass manche Chilenen einfach nur ein bisschen sprechen möchten und man nicht immer denken sollte, dass jeder einem gleich etwas verkaufen möchte, der einen anspricht. Das ist eine Eigenschaft, die mir besonders gut gefällt. Auch dass man immer zunächst nach dem Befinden fragt, finde ich sehr menschlich, auch wenn *¿cómo estás?* nur eine Floskel ist.

«¿Vives aquí en Valparaíso?», frage ich den Jungen, um ihm zu signalisieren, dass ich mich gerne mit ihm unterhalte und das Gespräch fortführen möchte.

«¡Sí, claro, soy de Valpo! ¿Y tú? Tienes un acento, ¿eres de Estados Unidos?», fragt er mich. Ja, man merkt schnell, aufgrund meines Akzentes, dass ich Ausländer bin. Da US-Amerikaner hier sehr häufig auf Reisen sind, werde ich auch oft für einen gehalten. Ich entgegne: «¡No soy de Estados Unidos! ¡Soy de Alemania!»

Die Augen des Jungen leuchten, kein Basketball, kein American Football, kein Baseball, nein Fußball!

«¡Bundesliga!», ruft er begeistert. «La veo en la televisión cada semana.» – «Yo también», lächle ich freundlich. Über den Fußball kommt man mit vielen Menschen ins Gespräch – in Europa, in Afrika und in Amerika unterhalb des Fußball-Äquators, also dort, wo Mexiko anfängt. Die USA und Kanada braten mit Eishockey und anderen Randsportarten wie Baseball sicherlich eine Extrawurst, dadurch müssen Reisende aus diesen Ländern auf einen solchen euphorischen Gesprächseinstieg verzichten. Ich tue dem Jungen den Gefallen und erzähle ein wenig über die Stadien der Bundesliga, und er freut sich, als ich ihn daraufhin auch über den chilenischen Fußball ausquetsche. Als ich so jung war wie er, hatte ich auch noch eine fanatischere Einstellung. Er gibt mir schnell zu verstehen, dass er Colo-Colo und Universidad de Chile – beide Mannschaften sind aus Santiago – hasst: «¡Odio a esos equipos!» Für ihn gibt es nur die CD Santiago Wanderers.

«Se llaman Santiago como la cuidad, pero no son de Santiago. ¡Son de Valpo!» Er hat recht, der Name ist irreführend, wenn die Mannschaft nicht aus Santiago ist.

«Interesante. ¿Y por qué se llaman Santiago?», frage ich neugierig, um zu erfahren, wo der Name herkommt.

«Un señor, que se llama Don Santiago, nos regaló nuestra primera pelota de fútbol hace más que 100 años. ¡Y por eso tenemos el nombre!», erklärt er mir. Ich lache. Natürlich hat der Name nichts mit der Stadt zu tun, sondern es ist nur Zufall, dass der erste Ballspender vor hundert Jahren auch Santiago hieß. Auf keinen Fall hat es etwas mit der Hauptstadt zu tun, darf es auch nicht bei der ausgeprägten Rivalität zu Santiago. Wenn dann jedoch wieder mal Chile gegen Argentinien spielt, sind alle wieder Chilenen, egal ob aus Valparaíso oder Santiago, und die Grenzen verschieben sich. So ist es überall auf der Welt. Das wird er erkennen, wenn er älter wird.

«¿Quieres que te muestre mi ciudad?», fragt er mich. Anscheinend möchte er sich doch ein bisschen was dazuverdienen mit seiner Stadtführung, was ich aber alles andere als aufdringlich finde. Trotzdem habe ich keine Lust, stelle aber eine Frage: «¿Puedes mostrarme la casa de Pablo Neruda?» Ich habe gelesen, dass das Haus des chilenischen Dichters wunderschön sein soll.

Gerne macht er das, und ich spendiere uns beiden den Eintritt für die Besichtigung des Hauses. Der Junge war auch noch nie in dem Haus, obwohl er keine zwei Kilometer davon entfernt wohnt.

Wir staunen zusammen über die atemberaubende Aussicht von dem Balkon auf den pazifischen Ozean. Ansonsten ist das Haus ein typisch altes Haus, das sehr liebevoll eingerichtet ist.

«Si yo viviera en esta casa, ¡yo también escribiría libros!», sage ich zu dem Jungen. Wir lachen beide. Das Schönste ist es doch, in einer fremden Sprache einen Witz machen zu können und dazu noch die Konjunktiv-Form zu benutzen. Ich bin richtig stolz auf mich und murmel den Satz nochmal auf Deutsch dazu: «Wenn ich in diesem Haus leben würde, würde ich auch Bücher schreiben!» Der Witz funktioniert auch auf Deutsch und hätte auch bei deutschen Muttersprachlern für einen kleinen Lacher gesorgt. Die Menschen sind überall gleich, nur die Sprache ist anders! – ¡Todos los seres humanos son iguales, solo el idioma es diferente!

Übersetzungen und Erklärungen zum Kapitel:

«Quiero ir a la playa.»

Ich möchte zum Strand gehen.

querer zieht wie im Deutschen den Infinitiv eines weiteren Verbs nach sich, wenn ein Verb folgt.

«¿Vives aquí en Valparaíso?»

Wohnst du hier in Valparaíso?

vivir heißt *leben* und wird regelmäßig in der e-Konjugation konjugiert. Lediglich in der 1. Person Plural wird das *e* durch ein *i* ersetzt.

Präsens-Konjugation von vivir:

yo vivo – ich lebe

tú vives – du lebst

él / ella vive – er / sie lebt

nosotros / nosotras vivimos – wir leben

ustedes viven – ihr lebt

ellos / ellas viven – sie leben

«¡Sí, claro, soy de Valpo! ¿Y tú? Tienes un acento, ¿eres de Estados Unidos?»

Ja, natürlich, ich bin aus Valpo. Und du? Du hast einen Akzent. Bist du aus den Vereinigten Staaten?

«¡No soy de Estados Unidos! ¡Soy de Alemania!»

Ich bin nicht aus den Vereinigten Staaten. Ich bin aus Deutschland!

«La veo en la televisión cada semana.»

Ich sehe sie jede Woche im Fernsehen.

Mit *sie* ist hier die Bundesliga gemeint, da das deutsche Wort im Spanischen auch umgangssprachlich feminin ist: *la Bundesliga.* Der chilenische Junge verwendet entsprechend das Pronomen *la.* Das *la* wird als Akkusativ im Satz vorangestellt.

«¡Odio a esos equipos!»

Ich hasse diese Mannschaften.

odio kommt vom Verb *odiar – hassen* und wird regelmäßig im Präsens konjugiert. Es wird hier mit der Präposition *a* verwendet werden, wobei es manchmal auch analog zum Deutschen ohne Präposition verwendet wird. *ese* oder *este* heißt *dieses,* wobei man *ese* verwendet, wenn etwas weiter weg ist, zum Beispiel *das Buch in China – ese libro en China* und *este,* wenn das Buch in der Nähe ist *dieses Buch hier – este libro aquí.* Die Pluralform von *este* lautet *estos* und von *ese* ist sie *esos* wie hier bei *esos equipos.* Analog dazu gibt es für Wörter, die im Femininum stehen (meist mit der Endung *a*), *esa* und *esta* oder im Plural *esas* und *estas.*

«Se llaman Santiago como la cuidad, pero no son de Santiago. ¡Son de Valpo!»

Sie heißen Santiago wie die Stadt, aber sie sind nicht aus Santiago. Sie sind aus Valpo!

se llaman könnte man wörtlich mit *sie nennen sich* übersetzen, um das Reflexivpronomen *se* zu verstehen.

Die **Reflexivpronomen** sind im Folgenden aufgeführt:

*yo **me** llamo – ich heiße*

*tú **te** llamas – du heißt*

*él / ella **se** llama – er / sie heißt*

*nosotros / nosotras **nos** llamamos – wir heißen*

*ustedes **se** llaman – ihr heißt*

*ellos / ellas **se** llaman – sie heißen*

«Interesante. ¿Y por qué se llaman Santiago?»

Interessant. Und warum heißen sie Santiago?

«Un señor, que se llama Don Santiago, nos regaló nuestra primera pelota de fútbol hace más que 100 años. ¡Y por eso tenemos el nombre!»

Ein Herr, der Don Santiago heißt, hat uns unseren ersten Fußball geschenkt vor mehr als 100 Jahren. Und deswegen haben wir diesen Namen!

regalar wird im Präsens regelmäßig konjugiert, nur haben wir es hier mit einer Vergangenheitsform *regaló* zu tun, die zwar auch regelmäßig ist, aber nun das erste Mal auftaucht. Es gibt im Spanischen verschiedene Vergangenheitsformen, aber das Präteritum ist die am häufigsten auftauchende Form.

pelota heißt Ball und *pelota de fútbol* heißt *Fußball*

Präteritum-Konjugation von regalar:

yo regalé – ich schenkte

tú regalaste – du schenktest

él / ella regaló – er / sie schenkte

nosotros / nosotras regalamos – wir schenkten (Form identisch zur Präsensform!)

ustedes regalaron – ihr schenktet

ellos / ellas regalaron – sie schenkten

«¿Quieres que te muestre mi ciudad?»

Möchtest du, dass ich dir meine Stadt zeige?

muestre ist hier wieder die Subjuntivo-Form, in der ersten Person Plural, die eine Absicht ausdrückt.

«¿Puedes mostrarme la casa de Pablo Neruda?»

Kannst du mir das Haus von Pablo Neruda zeigen?

Hier verbindet sich wieder das Verb *mostrar* mit dem Dativ *me*.

«Si yo viviera en esta casa, ¡yo también escribiría libros!»

Wenn ich in diesem Haus leben würde, würde ich auch Bücher schreiben!

Hier finden wir die einfachste Konjunktiv-Verbform. Um sie zu bilden, wird einfach nur *-ía* an die Grundform des Verbes gehängt und zusätzlich die charakteristische Endung der Konjugationsperson, wie bei dem Beispiel *escribir + ía + Endung der Person. viviera* ist eine Ausnahme, die Grundform verändert sich vom Verb *vivir*, wird aber dann regelmäßig mit neuem Wortstamm konjugiert.

Konjunktiv-Konjugation von escribir:

yo escribiría – ich würde schreiben

tú escribirías – du würdest schreiben

él / ella escribiría – er / sie würde schreiben

nosotros / nosotras escribiríamos – wir würden schreiben

ustedes escribirían – ihr würdet schreiben

ellos / ellas escribirían – sie würden schreiben

Konjunktiv-Konjugation von vivir:

yo viviera – ich würde leben

tú vivieras – du würdest leben

él/ ella viviera – er/sie würde leben

nosotros/ nosotras viviéramos – wir würden leben

ustedes vivieran – ihr würdet leben

ellos/ ellas vivieran – sie würden leben

¡Todos los seres humanos son iguales, solo el idioma es diferente!

Alle Menschen sind gleich, nur die Sprache ist verschieden!

los seres humanos heißt *die Menschen* oder *der Mensch – ser humano.* Es wirkt etwas merkwürdig, dass das Verb *ser* hier fester Bestandteil des Substantives ist - vielleicht kann man sich das besser merken, wenn man in Analogie das Wort *Menschsein* heranzieht.

Normalerweise deutet die Endung *a* hier bei *idioma* auf ein feminines Wort hin. *idioma* ist aber eine Ausnahme und ist maskulin, deswegen der zugehörige Artikel *el* im Satz.

DIE KLEINE STRANDBAR

Den Jungen habe ich längst verabschiedet, und ich finde mich am Hafen von Valparaíso wieder. *El Puerto de Valparaíso – el puerto* so wie *el aeropuerto,* also *der Hafen* und *der Flughafen,* da hätte ich auch schon eher draufkommen können, dass sich *der Flughafen* im Spanischen, genau wie im Deutschen, von *Hafen* ableitet. So schwierig ist das ja nicht, denke ich lachend. Es ist schön hier. Ich setze mich auf einen großen Stein und schaue hinter mir auf die Stadt und dann wieder auf das Wasser. Ich denke an meine Eltern, an meine neue Gastmutter und ihren Mann Felix. Es gibt wirklich tolle Menschen auf diesem Planeten und in jedem Land findet man welche. Ein leichter Wind bläst mir ins Gesicht. Ich bin plötzlich unfassbar stolz, dass ich hier bin, dass ich eine neue Kultur kennenlernen darf und sogar die Sprache gelernt habe.

Plötzlich kommt ein Hund, bellt zweimal und weckt mich damit aus meiner Gedankenwelt. Ich sitze immer noch auf dem Stein und schaue ihn fragend an. Es ist ein schöner Straßenhund mit glänzendem braunen Fell, und er ist sehr groß. Er wedelt freundlich mit dem Schwanz.

«¿Qué quieres?», frage ich ihn. Ich bilde mir ein, wenn ich in der Landessprache mit den Hunden rede, verstehen sie mich noch eher, als wenn ich auf Deutsch mit ihnen reden würde.

Er schaut mich weiter an und bellt wieder, als ob er mir etwas sagen möchte. Er sieht fordernd, aber freundlich dabei aus.

«¡Ok, espera!», sage ich, erhebe mich langsam und gehe auf ihn zu. Er steht etwa 20 Meter von mir entfernt am Wasser. In dem Moment als ich ihn fast erreiche, setzt er sich in Bewegung. Ich verstehe, ich soll ihm folgen, aber wohin denn?

So laufe ich eine Weile hinter ihm immer am Wasser entlang. Aus den Augenwinkeln kontrolliert er, ob ich ihm auch wirklich folge. Bleibe ich stehen, dann bleibt er auch stehen. Bleibe ich zu lange stehen, dann bellt er wieder.

«¡Sí!», sage ich etwas genervt nach einer kurzen Pause, die durch sein Bellen unterbrochen wird, aber ich bin gleichzeitig etwas belustigt. Was will er mir denn nur zeigen? «¿Adónde vamos?», rufe ich ihm zu, ohne eine Antwort zu erwarten und setze mich wieder in Bewegung.

Es geht immer weiter entlang am Wasser. Wenn der Zugang zum Strand versperrt ist, dann weichen wir auf die Straße aus, die am Meer entlangführt. Wir laufen und laufen.

Jetzt habe ich wirklich keine Lust mehr, und ich rufe dem Hund zu:

«¡Perro, no tengo ganas de caminar más!»

Der Hund läuft aber weiter, sein aufgeregtes Schwanzwedeln signalisiert mir, dass wir fast da sein müssen. Wir sind nun auch zwei Stunden gelaufen und schon längst aus Valparaíso raus. Auch die touristischen Strände von Viña del Mar, der Nachbarstadt, haben wir schon längst hinter uns gelassen. Der Perro läuft noch bis zur nächsten Bucht, die ich noch nicht einsehen kann. Als ich auf ihn zukomme, bleibt er dieses Mal stehen. Ich verstehe, wir sind da. «¡Llegamos!» Und ich blicke mich um, wohin hat er mich geführt. Ich schaue mich um und schlucke.

Ich sehe einen wunderschönen Strand ohne lärmende Straße dahinter, der sich in dieser Bucht befindet. Büsche, einige Palmen und ein kleiner Hügel über der Bucht sorgen dafür, dass man den Strand als Tourist wahrscheinlich gar nicht findet – also sind keine Touristen aber auch keine anderen Menschen hier.

Aber eine kleine Bar ist in der Bucht, die mit Brettern zusammengezimmert ist. Jetzt habe ich mir doch ein kleines Getränk verdient in diesem kleinen Paradies hier. Ich schaue den Hund dankbar an und streichel ihm den Kopf.

An der Bar steht ein etwas älterer Señor, der Federico heißt und uns lachend begrüßt – erst den Hund und dann mich:

«Hola, Amigo, ¿cómo estás?», und er wirft dem Hund eine dicke Scheibe Wurst hin, die dieser sofort dankend futtert.

«Es nuestro perro Amigo que viene cada día. Se llama Amigo, porque es un amigo», lacht er.

Ich antworte lachend zurück: «Ahora ya sé, por qué Amigo viene a este lugar. ¡Es un paraíso!»

Federico schüttelt den Kopf: «¡No, él solo viene por la salchicha!» Ja, natürlich kommt der Hund Amigo nur wegen der Wurst, wie naiv von mir. Ich lache schon wieder. Diese lachenden ungezwungen Unterhaltungen mit den Chilenen genieße ich sehr. Man wird nach ein paar Minuten so behandelt, als würde man sich schon jahrelang kennen.

Ich werde erstmal hier bleiben und bestelle einen Pisco Sour. Das ist ein chilenischer Cocktail aus Traubenschnaps, Limettensaft, Eis und etwas Eiweiß. Die Chilenen behaupten, das Getränk habe seinen Ursprung in Chile, wobei es Pisco auch in Peru gibt. Selbstverständlich behaupten die Peruaner genauso, dass sie das Getränk erfunden haben. In Südamerika ist man immer selbst der erste und der beste, allerdings immer mit einem sympathischen Augenzwinkern der lateinamerikanischen Macho-Kultur. Mir ist es jedenfalls gerade völlig egal, woher der Pisco kommt, denn er schmeckt so lecker, wie mir selten ein Cocktail geschmeckt hat. Der Pisco war schon lecker als María mir ihn zwei Tage nach meiner Ankunft hingestellt hat, aber in diesem Ausblick, an diesem einsamen Strand schmeckt er einfach nur grandios.

Ich nehme das Glas und setze mich etwas abseits an eine Palme und träume vor mich hin.

Der Hund macht es ähnlich wie ich und liegt auf der anderen Seite des Strandes satt in der Sonne. Federico sitzt auf seinem Klappstuhl und sonnt sich ebenfalls. Es ist so herrlich friedlich hier, und mir fällt gerade kein Flecken Erde ein, den ich jemals so schön fand. Das Meer, der traumhafte Strand und die kleine Strandbar: «¡Un paraíso!»

Ich verbringe den ganzen Tag an diesem wunderschönen Strand und gehe immer mal wieder zu Federico rüber, um mir ein neues Getränk zu holen und ein wenig mit ihm zu sprechen. Er kommt aus dem Norden des Landes, aus Antofagasta, und er empfiehlt mir, dort mal hinzufahren. Ich belustige mich ein wenig darüber, dass man viel schneller in Argentinien ist als im Norden oder im Süden dieses langen schmalen Landes.

«Sí, por eso tenemos de todo en Chile. Tenemos ciudad, tenemos playas, tenemos hielo en el sur y tenemos el desierto en el norte», erklärt mir Federico. «Para mí, lo más bonito es el norte con su clima caliente. ¡Necesitas cruzar el desierto de Atacama!»

Ich soll also die Atacama-Wüste durchqueren. Ich komme ins Grübeln. Warum eigentlich nicht.

«¡Hay un bus de Valparaíso a Iquique! Y va por el desierto. Iquique es muy bonito, una ciudad con desierto y playa. ¡Es increíble!»

Ich habe noch nie eine Wüstenstadt am Strand gesehen, dadurch steht mein nächstes Reiseziel jetzt fest. Es ist doch schwierig, jemandem nicht zu glauben, dass irgendwo ein schöner Ort ist, der selbst mit seinem Strand und seiner Bucht ein Paradies gefunden hat.

«Muchas gracias, Federico, por la recomendación», sage ich höflich und lehne mich wieder an die Palme mit einem neuen Glas Pisco in der Hand.

So verbringe ich noch einige Stunden hier am Strand und habe auch gar keine Lust wieder aufzubrechen. Wenn man den schönsten Platz der Welt gefunden hat, dann kann es schließlich nicht mehr besser werden, egal in welche Richtung man geht.

Keinen einzigen Gedanken an die Arbeit oder an zuhause verschwende ich hier. «¡Así me encanta la vida!», murmel ich vor mich hin und nicke Amigo zu, bevor ich die Augen schließe und etwas döse. Das Meeresrauschen mit dem salzigen Geschmack in der Luft und der leichte Wind lassen mich diesen Ort mit allen meinen Sinnen spüren.

Übersetzungen und Erklärungen zum Kapitel:

«¿Qué quieres?»

Was willst du?

«Ok, ¡espera!»

Ok, warte!

espera ist hier die Befehlsform (Imperativ) und identisch mit der 3. Singular-Präsensform vom Verb *esperar*.

«¿Adónde vamos?»

Wohin gehen wir?

Dónde bedeutet *wo* und *adónde* wird mit *wohin* übersetzt. Die Präposition *a* wird in das Wort integriert.

«¡Perro, no tengo ganas de caminar más!»

Hund, ich habe keine Lust weiterzulaufen.

no tengo ganas ist die häufig verwendete Phrase *ich habe keine Lust* und zieht die Präposition *de – von* nach sich, wenn näher beschrieben wird, worauf jemand keine Lust hat - wie hier das Verb *caminar*.

«¡Llegamos!»

Wir sind angekommen.

Man könnte *llegamos* auch mit der Präsensform übersetzen, da sie mit der Präteritumsform in der 1. Person Plural identisch ist, jedoch ergibt sich aus dem Inhalt das Präteritum.

«Es nuestro perro Amigo que viene cada día. Se llama Amigo, porque es un amigo.»

Er ist unser Hund Amigo, der jeden Tag kommt. Er heißt Amigo, weil er ein Freund ist.

viene kommt vom Verb *venir,* und das Wort weicht teilweise von seinen Wortstamm in der Präsens-Konjugation ab.

Präsens-Konjugation von venir: kommen

yo vengo – ich komme

tú vienes – du kommst

él / ella viene – er / sie kommt

nosotros / nosotras venimos – wir kommen

ustedes vienen – ihr kommt

ellos / ellas vienen – sie kommen

«Ahora ya sé, por qué Amigo viene a este lugar. ¡Es un paraíso!»

Jetzt weiß ich, warum Amigo an diesen Ort kommt. Es ist ein Paradies!

ya das *schon* bedeutet, könnte man hier als *endlich* oder *also* übersetzten: *Jetzt weiß ich also,…*

«¡No, él solo viene por la salchicha!»

Nein, er kommt nur wegen der Wurst!

por und *para* sind etwas verwirrend für einen Spanischlernenden, da sie im Deutschen teilweise gleich übersetzt werden. Oft werden beide Wörter mit *für* übersetzt – wie hier: *er kommt nur für die Wurst*. Hier wird *por* verwendet, weil die Wurst die Ursache ist, warum der Hund kommt. Wenn man anstatt *für* auch *durch* oder *aufgrund* sagen kann, dann verwendet man *por*.

«Sí, por eso tenemos de todo en Chile. Tenemos ciudad, tenemos playas, tenemos hielo en el sur y tenemos el desierto en el norte»

Ja, deswegen haben wir alles (von allem) in Chile. Wir haben Stadt, wir haben Strände, wir haben Eis im Süden, und wir haben die Wüste im Norden.

Die geographischen Angaben *en el sur – im Süden, en el norte – im Norden, en el este - im Osten* und *en el oeste – im Westen* stehen immer mit einem Artikel.

«Para mí, lo más bonito es el norte con su clima caliente. ¡Necesitas cruzar el desierto de Atacama!»

Für mich ist das schönste der Norden mit seinem heißen Klima. Du musst die Atacama-Wüste durchqueren.

cruzar lässt sich auch mit *kreuzen* übersetzen und wird regelmäßig konjugiert.

«¡Hay un bus de Valparaíso a Iquique! Y va por el desierto. Iquique es muy bonito, una ciudad del desierto y de la playa. ¡Es increíble!»

Es gibt einen Bus von Valparaíso nach Iquique! Und er fährt durch die Wüste. Iquique ist sehr schön, eine Wüsten- und Strandstadt. Sie ist unglaublich.

por wird hier als *durch* übersetzt, so dass man die Verwendung von *para* ausschließen kann.

«Muchas gracias, Federico, por la recomendación.»

Vielen Dank Federico für die Empfehlung.

Wenn man sich für etwas bedankt, wird ebenfalls immer *por* anstatt *para* verwendet: *Muchas gracias por…*

Findet man die Endung *-ión* im Spanischen, deutet das darauf hin, dass das Wort feminin ist und es den Artikel *la* hat, sofern dieser im Satz notwendig ist.

DER DEUTSCHE CHILENE AUS ANTOFAGASTA

Es ist verdammt heiß in dem Bus mit kaputter Klimaanlage nach Antofagasta. Mir war gar nicht bewusst, dass es über 1.000 Kilometer von Valparaíso dorthin sind. Doch vorausschauend, wie ich bin, habe ich Juan Carlos angerufen und gefragt, ob ich noch eine Woche Urlaub dranhängen dürfte. Telefonieren ist wohl die Königsdisziplin beim Erlernen einer Fremdsprache, denn man sieht weder Gesichtsausdrücke noch Gesten, so dass man beim Sprechen jedes Wort genau verstehen muss. Ich erinnere mich an das kurze Gespräch:

«Hola, Juan Carlos, soy Jonas, el alemán.»

«Hola, Jonas. ¿Cómo estás? ¿Qué tal Valparaíso?»

«Es hermoso, nunca vi una ciudad así. ¡Es increíble!»

«Sí, me alegro, ¡que disfrutes!»

«Tengo una pregunta, ¿puedo viajar una semana más? ¡Chile es tan hermoso y me gustaría conocer el norte!»

«Bueno, Jonas, no hay problema, ¡pero la señora Colwiss viene esta semana!»

«¿Cómo? ¿Qué significa Colwiss? Disculpa mi español, Juan Carlos. ¡Todavía es muy malo!»

«Colwiss, ¡tu jefe!»

Ich überlege kurz, was er mir sagen will, aber ich verstehe nicht, was er meint. Egal, immerhin hat er mir die zusätzliche Woche Urlaub schon bestätigt. Es wird wohl nichts Wichtiges sein. Ich wende wieder meine Sí-sagen-Taktik an. Wenn es wichtig ist, dann kann er mir das auch erklären, wenn ich wieder da bin. Ich tue so, als hätte ich alle seine Worte verstanden:

«Ah, sí – muchas gracias. Muchas gracias, Juan Carlos.»

Ich merke eine kurze Gesprächspause, wahrscheinlich wundert ihn meine Reaktion.

«¡Ok, Jonas, cuídate!»

«¡Gracias, hasta pronto!»

Ich lege auf. Vielleicht war er doch etwas genervt, dass ich meinen Urlaub so ausreize und seine Höflichkeit etwas ausnutze, aber mein schlechtes Gewissen ist schnell verflogen. Erstens habe ich so lange auf die Gelegenheit gewartet, mal etwas anderes zu sehen, und zweitens macht Juan Carlos auch kein Geheimnis daraus, dass er den ganzen Tag nur Backgammon spielt, anstatt zu arbeiten.

Wir haben La Serena, eine recht große Stadt, als Eintrittstor zur Atacama-Wüste, hinter uns gelassen und sind mitten in der Wüste. Links vom Busfenster zeigt sich je nach Straßenführung immer wieder mal das Meer, und durch das andere Fenster sehe ich nur Wüstensand. Die Trockenheit und die Hitze sind beeindruckend und bedrückend zugleich. Es ist auf eine eigene Weise sehr schön und einzigartig, außerdem kenne ich eine solche endlose Wüstenlandschaft nur aus dem Fernsehen. Die Straße ist gut ausgebaut, so dass ich mir als Mitfahrer wenig Sorgen mache, dass der Fahrer sich verfährt oder dass wir liegen bleiben. Im Notfall muss man ja immer «nur» die Straße weiterlaufen, beruhige ich mich. Es besteht keine Gefahr, dass man im Kreis läuft, wenn man immer der Straße folgen kann.

Dieses Mal habe ich nicht die erste Klasse im Bus gebucht. Mir tun meine Beine nun auch langsam weh, da der Bus leider recht voll ist und ich mich nicht quer hinsetzen kann.

Bald erreichen wir Antofagasta, und ich möchte mir vor dem Umsteigen gerne an der Straße schnell eine Empanada kaufen. Ich liebe Empanadas de Pino, die es in der Form wohl nur in Chile gibt: Die Teigtaschen sind mit Rinderhack, Zwiebeln, ein paar Oliven und hartgekochtem Ei gefüllt. Toll finde ich, dass die chilenischen Empanadas nicht frittiert, sondern gebacken werden. Mir wurde erklärt, dass das in anderen südamerikanischen Ländern nicht der Fall ist. Wenn das stimmt, kann ich bestätigen, dass die chilenischen Empanadas die besten sind, so wie das die Chilenen immer wieder behaupten.

Viel Zeit bleibt mir nicht, während ich in der Wüstenhitze die Empanada esse und eine Limo trinke. Ich muss hier gleich am Busbahnhof den nächsten Bus nach Iquique nehmen. Ich schwitze in der knallenden Sonne und versuche mich zu orientieren.

«Disculpe, señor, ¿dónde sale el bus a Iquique?», frage ich einen sympathisch aussehenden, älteren Herren.

«¿De dónde eres?», fragt er mich neugierig.

Meine Vorstellung spule ich mittlerweile, wie auf Knopfdruck herunter, so oft wie ich hier nach meiner Herkunft gefragt werde:

«Soy de Alemania y trabajo en Chile. ¡En este momento tengo vacaciones y quiero conocer Iquique!»

«¿De Alemania? ¡Mis abuelos eran alemanes también! Llegaron a Chile en el año 1880.», sagt er aufgeregt.

Wie so viele Chilenen und Südamerikaner hat der Herr also auch europäische Wurzeln und dieser hier wohl zufällig deutsche. Wirklich interessant. Die wenigsten deutschstämmigen Chilenen sind übrigens Nazis, die sich nach dem zweiten Weltkrieg hierher zurückgezogen haben, entgegen dem Vorurteil – die meisten waren schon vorher da. Genauso wie die Vereinigten Staaten sind die lateinamerikanischen Länder Einwanderungsländer – nur kamen eben die meisten Einwanderer aus Spanien oder Portugal, da diese Länder den Kontinent kolonialisiert und unter sich aufgeteilt haben. Später kamen dann Einwohner anderer europäischer Nationen hinzu wie auch aus Deutschland. Aber auch Sklaven wurden aus Afrika nach Lateinamerika verschleppt, so dass heute die Bevölkerung durchmischt ist wie sonst fast nirgendwo auf der Welt. Auch die unterdrückten Ureinwohner, die sich den Kolonialmächten unterwerfen mussten, sind natürlich geblieben, sofern sie nicht getötet wurden. Es ist eine sehr blutige und traurige Geschichte mit Sklaverei und Raub von Land und Bodenschätzen. Dennoch ist man als Europäer in Südamerika meist sehr beliebt, da eben die meisten Südamerikaner europäische Wurzeln haben, so wie dieser Herr, dessen Großeltern Ende des 19. Jahrhunderts aus Deutschland nach Chile kamen.

Wir kommen tiefer ins Gespräch, und ich möchte nicht unhöflich sein, aber ich werde etwas nervös, da ich ja noch meinen Bus erreichen und vor allem finden muss. Der Mann fragt für mich am Schalter nach, und wir sehen den Bus gerade aus dem Bahnhof fahren, auf dem «Iquique» steht.

Der Señor beruhigt mich aber mit einer abwinkenden Handbewegung. Mein Problem ist nun auch zu seinem Problem geworden. Sein südamerikanischer Macho-Instinkt ist geweckt, «unser» Problem zu lösen.

«¡No te preocupes, te llevaré a Iquique!»

Habe ich ihn richtig verstanden, er möchte mich nach Iquique bringen? Das möchte ich nicht annehmen.

«No, está bien, ¡muchas gracias!», sage ich etwas gerührt.

Je mehr wir diskutieren, desto zweckloser wird mein Widerstand. Er sagt, er will mir sein Land zeigen. Als er mir schließlich sagt, dass er sowieso in einer Woche nach Iquique müsste und den Termin vorziehen könnte, gebe ich nach.

«Bueno, Antonio, ¡vamos!», sage ich lächelnd. Während unserer Diskussion hat er mir längst seinen Namen verraten.

«Voy a llamar a mi esposa. ¡Espera un momento!»

«¿Ana, me escuchas mi amor? Voy con un chico de Alemania a Iquique. Él perdió su bus.» Den Rest verstehe ich nicht, da er sehr schnell spricht. Nach etwa fünf Minuten Telefonat und Diskussion lacht er mich an: «¡Listo!» Er verdreht ein bisschen die Augen und sagt: «¡Mujeres.... complicadas!»

Wenige Augenblicke später sitzen wir schon in seinem Kleinwagen und fahren aus Antofagasta wieder in die Atacama-Wüste.

«¿Te gusta el desierto, Jonas?»

«¡Sí, mucho y muchas gracias por llevarme!», antworte ich voller Dankbarkeit.

«¿Tienes familia?», frage ich.

«Sí, tengo dos hijos, que ya tienen más de 20 años. ¡Nos gustaría conocer Alemania algún día, pero el viaje es muy costoso! Mi abuelo es de Münster. ¡Queremos conocer su ciudad! ¿Conoces Münster?», fragt er mich gespannt.

Natürlich kenne ich Münster, und ich sage:

«Sí, claro, es una ciudad muy bonita en Nordrhein-Westfalen. ¡Tiene muchos estudiantes! Me encanta esa ciudad, porque hay muchas vías para las bicicletas en Münster.»

Tatsächlich mag ich Münster sehr gerne, da man dort sicher Fahrrad fahren kann wie wohl sonst in kaum einer anderen Stadt in Deutschland, denn Fahrräder sind dort nahezu gleichberechtigte Verkehrsteilnehmer – im Gegensatz zu so vielen anderen Städten, in denen man ohne eigenes Auto ein Verkehrsteilnehmer zweiter Klasse ist.

Seine Augen leuchten, nicht wegen des Fahrradverkehrs, sondern weil ich Münster kenne.

«Wie schön!», sagt er. Ich staune, dass er tatsächlich einige Worte Deutsch spricht. Er sagt mir, dass seine Großeltern mit seinem Vater Deutsch geredet haben, aber er und seine Geschwister leider nicht mehr so viel mitbekommen haben. Es wurde nur noch español chileno gesprochen.

Übersetzungen und Erklärungen zum Kapitel:

«Hola, Juan Carlos, soy Jonas, el alemán.»

Hallo Juan Carlos, Jonas ist hier, der Deutsche.

Die wörtliche Übersetzung von *soy Jonas* ist eigentlich *ich bin Jonas* und lässt sich so am Telefon verwenden, um zu sagen, wer dran ist:

«Hola, Jonas. ¿Cómo estás? ¿Qué tal Valparaíso?»

Hallo Jonas, wie geht es dir? Wie gefällt dir Valparaíso?

Qué tal ist etwas umgangssprachlich und kann auch, wenn es alleinsteht, als *wie geht's?* oder *was gibt's (Neues)?* übersetzt werden. Ansonsten wird es mit einem Zusatz, wie in diesem Beispiel, mit *wie gefällt dir…?* übersetzt.

«Es hermoso, nunca vi una ciudad así. ¡Es increíble!»

Es ist wunderschön, ich habe noch nie so eine Stadt gesehen, es ist unglaublich!

vi kommt vom Verb *ver – sehen* und steht hier im Präteritum. Die Präsens-Konjugation und Präteritum-Konjugation sind wie folgt:

Präsens-Konjugation von ver:

yo veo – ich sehe

tú ves – du siehst

él / ella ve – er / sie sieht

nosotros / nosotras vemos – wir sehen

ustedes ven – ihr seht

ellos / ellas ven – sie sehen

Präteritum-Konjugation von ver:

yo vi – ich sah

tú viste – du sahst

él / ella vi – er / sie sah

nosotros / nosotras vimos – wir sahen

ustedes vieron – ihr saht

ellos / ellas vieron – sie sahen

«Sí, me alegro, ¡que disfrutes!»

Ja, das freut mich, genieße es!

¡que disfrutes! lässt sich wörtlich mit *dass du es genießt* übersetzen und drückt einen Wunsch aus, so dass die Grundform *disfrutar* wieder im Subjuntivo steht.

«Tengo una pregunta, ¿puedo viajar una semana más? ¡Chile es tan hermoso y me gustaría conocer el norte!»

Ich habe eine Frage, kann ich noch eine Woche reisen, Chile ist so schön, und ich würde gerne den Norden sehen!

«Bueno, Jonas, no hay problema, ¡pero la señora Colwiss viene esta semana!»

Also Jonas, kein Problem, aber Frau Colwiss kommt diese Woche!

«¿Cómo? ¿Qué significa Colwiss? Disculpa mi español, Juan Carlos. ¡Todavía es muy malo!»

Wie? Was bedeutet Colwiss? Entschuldige mein Spanisch, Juan Carlos, es ist immer noch sehr schlecht!

«Colwiss, ¡tu jefe!»

Colwiss, deine Chefin!

«Ah, sí – muchas gracias. Muchas gracias, Juan Carlos.»

Ah ja - vielen Dank. Vielen Dank, Juan Carlos.

«¡Ok, Jonas, cuídate!»

Ok Jonas, pass auf dich auf!

¡cuídate! ist hier die Imperativ-Form, die identisch zur dritten Person Singular im Präsens ist – *cuída*. Hinten wird der Akkusativ des Personalpronomens drangehängt – *te*.

«¡Gracias, hasta pronto!»

Danke, bis bald!

¡Hasta pronto! Es lässt sich auch mit *Bis demnächst!* übersetzen, da *pronto* mit *schnell* wörtlich übersetzt wird. Das bekanntere *¡Hasta luego!* hat in etwa die gleiche Bedeutung.

«Disculpe, Señor, ¿dónde sale el bus a Iquique?»

Entschuldigen Sie der Herr, wo fährt der Bus nach Iquique ab?

disculpe ist hier die höfliche, distanzierte Sie-Form des Verbes *disculpar – entschuldigen* und ist der Imperativ in der 3. Person Singular. Spricht man jemanden ohne Namen und ohne *Señor* oder *Señora* an, nimmt man *usted,* das dem *Sie* im deutschen entspricht.

Das Verb *salir* bedeutet wörtlich *verlassen* und wird im Präsens wie folgt konjugiert:

Präsens-Konjugation von salir:

yo salgo – ich verlasse

tú sales – du verlässt

él / ella sale – er / sie verlässt

nosotros / nosotras salimos – wir verlassen

ustedes salen – ihr verlasst

ellos / ellas salen – sie verlassen

«**¿De dónde eres?**»

Woher kommst du?

«Soy de Alemania y trabajo en Chile. ¡En este momento tengo vacaciones y quiero conocer Iquique!»

Ich komme aus Deutschland und arbeite in Chile. Ich habe gerade Urlaub und möchte Iquique kennenlernen!

«¿De Alemania? ¡Mis abuelos eran alemanes también! Llegaron a Chile en el año 1880.»

Aus Deutschland? Meine Großeltern waren auch Deutsche! Sie kamen 1880 nach Chile.

eran ist eine Präteritumsform von *ser:*

Präteritum-Konjugation von ser:

yo era – ich war

tú eras – du warst

él / ella era – er / sie war

nosotros / nosotras eramos – wir waren

ustedes eran – ihr wart

ellos / ellas eran – sie waren

«¡No te preocupes, te llevaré a Iquique!»

Keine Sorge, ich werde dich nach Iquique mitnehmen!

llevaré ist eine weitere, andere Futur-Form als die mit dem Hilfsverb *ir – yo voy a llevarte* (siehe Kapitel *Flaite*).

Futur-Konjugation von llevar:

yo llevaré – ich werde mitnehmen

tú llevarás – du wirst mitnehmen

él / ella llevará – er / sie wird mitnehmen

nosotros / nosotras llevaremos – wir werden mitnehmen

ustedes llevarán – ihr werdet mitnehmen

ellos / ellas llevarán – sie werden mitnehmen

«**Bueno, Antonio, ¡vamos!**»

Gut Antonio, lass uns gehen!

«**Voy a llamar a mi esposa. ¡Espera un momento!**»

Ich werde meine Frau anrufen. Warte einen Moment!

«**¿Ana, me escuchas mi amor? Voy con un chico de Alemania a Iquique. Él perdió su bus.**»

Ana, hörst du mich, meine Liebe? Ich fahre mit einem Jungen aus Deutschland nach Iquique. Er hat seinen Bus verpasst.

perdió kommt vom Verb *perder* und wird sonst mit *verlieren* übersetzt (hier mit *verpassen*). Hier steht es im Präteritum. Es folgt die Präsens- und Präteritum-Konjugation:

Präsens-Konjugation von perder:

yo pierdo – ich verliere

tú pierdes – du verlierst

él / ella pierde – er / sie verliert

nosotros / nosotras perdemos – wir verlieren

ustedes pierden – ihr verliert

ellos/ ellas pierden – sie verlieren

Präteritum-Konjugation von perder:

yo perdí – ich verlor

tú perdiste – du verlorst

él / ella perdío – er / sie verlor

nosotros / nosotras perdimos – wir verloren

ustedes perdieron – ihr verlort

ellos / ellas perdieron – sie verloren

«**¡Listo!**»

Fertig!

«**¡Mujeres…. complicadas!**»

Frauen …. kompliziert!

complicadas kommt vom Adjektiv *complicado, comlicada – kompliziert*. Da es sich hier auf *die Frauen – las mujeres* bezieht, wird die weibliche Pluralform verwendet.

«**¿Te gusta el desierto, Jonas?**»

Gefällt dir die Wüste, Jonas?

«**¡Sí, mucho y muchas gracias por llevarme!**»

Ja, sehr und vielen Dank, dass du mich mitnimmst!

Die wörtliche Übersetzung wäre: *....vielen Dank für mich mitnehmen.* – so wäre es im Deutschen aber nicht ganz richtig.

«**¿Tienes familia?**»

Hast du Familie?

«**Sí, tengo dos hijos, que ya tienen más que 20 años. ¡Nos gustaría conocer Alemania algún día, pero el viaje es muy costoso! Mi abuelo es de Münster. ¡Queremos conocer su ciudad! ¿Conoces Münster?**»

Ja, ich habe zwei Söhne, die schon älter als 20 Jahre alt sind. Wir würden gerne eines Tages Deutschland kennenlernen, aber die Reise ist sehr teuer! Mein Großvater ist aus Münster, wir möchten seine Stadt kennenlernen! Kennst du Münster?

«Sí, claro, es una ciudad muy bonita en Nordrhein-Westfalen. ¡Tiene muchos estudiantes! Me encanta esa ciudad, porque hay muchas vías para las bicicletas en Münster.»

Ja, natürlich, es ist eine sehr schöne Stadt in Nordrhein-Westfalen. Sie hat viele Studenten! Ich liebe diese Stadt, weil es in Münster sehr viele Radwege gibt.

vías para bicicletas lässt sich mit dem deutschen Wort *Radwege* übersetzen oder im Singular *vía para bicicletas – der Radweg. La vía* bedeutet *die Straße* oder *die Spur* und die Bedeutung *Radweg* wird etwas umschrieben. Es gibt jedoch auch das Wort *la ciclovía,* das direkt als *der Radweg* übersetzt werden kann.

EIN KURZER SCHOCK

Plötzlich klingelt mein Handy. Ich bekomme hier in Chile nicht sonderlich viele Anrufe, und ich zucke etwas zusammen. Ich habe ein ungutes Gefühl und fühle mich ein wenig wie ein kleiner Junge, der etwas ausgefressen hat, denn ich verlängere ja einfach immer wieder meinen Urlaub. Ich beruhige mich wieder: Bestimmt ist es María, meine liebe Gastmutter, die fragen möchte, wie ihrem neuen Hijo de Alemania die Reise gefällt. Ich gehe ans Handy und lasse es fast wieder fallen, denn deutsche Worte habe ich nicht erwartet und schon gar nicht diese Stimme.

«Kollwitz, wo stecken Sie denn Herr Lemmel?»

«Ah Frau Kollwitz, das ist ja schön, dass Sie mich anrufen!», meine Stimme zittert nun etwas, da ich mich nun tatsächlich ertappt fühle. Ich rede einfach drauf los, damit sie nicht denkt, dass ich hier Urlaub mache:

«Es ist wirklich sehr schön in Santiago und mit der Arbeit komme ich auch gut zurecht. Ich habe wirklich sehr nette Kollegen hier, und ich denke, dass ich schon ziemlich viel helfen konnte», sage ich rechtfertigend.

«Haben Sie schon so viel geholfen, dass Sie sich einen ausgedehnten Urlaub erlauben können?», fragt sie etwas schnippisch und auf eine Antwort wartend.

Nun weiß ich nicht, was ich sagen soll. Es entsteht eine sehr unangenehme Pause, die ich nicht richtig zu füllen weiß. Woher, verdammt noch mal, weiß sie, dass ich Urlaub mache?

«Ich bin gestern in Santiago gelandet und heute gleich in die Firma gekommen, um nach Ihnen zu schauen. Ich habe mich sehr gewundert, dass Sie schon verreist sind», füllt Frau Kollwitz die Gesprächspause.

«Ach, Sie sind in Santiago? Das wusste ich nicht, Frau Kollwitz. Das tut mir leid! Sie haben wahrscheinlich nicht damit gerechnet, dass ich Urlaub mache. Es ist nur so, dass...» Ich ringe nach einer Erklärung. Mittlerweile schaut auch Antonio vom Lenkrad kurz besorgt zu mir rüber, da er wohl merkt, dass das Telefonat kein angenehmes ist.

Frau Kollwitz unterbricht mich wieder:

«Sie brauchen mir nichts zu erklären. Ihre neuen Kollegen und Herr Delgado haben gesagt, dass Sie eine große Hilfe sind und er Sie in den Urlaub geschickt hat. Da war ich schon etwas beeindruckt.»

Ich atme erleichtert auf und verspreche Frau Kollwitz, dass ich einige Tage früher zurückkomme, um mich mit ihr in Santiago zu treffen. Jetzt verstehe ich auch, dass mich Juan Carlos am Telefon gewarnt hat, aber ich Holzkopf einfach nur *Sí* gesagt habe, ohne etwas verstanden zu haben. Jedenfalls bin ich meinen Kollegen und Juan Carlos sehr dankbar, dass sie mich gedeckt haben und er sogar noch den Urlaub auf sich genommen hat. Ich bin wirklich gerührt von dieser Kollegialität. Ich werde Chile und seine Menschen immer in bester Erinnerung behalten.

«Qué pasó?», fragt Antonio besorgt, nachdem ich aufgelegt habe.

«Todo bien, sólo que mi jefe de Alemania está en Santiago», lache ich. Antonio sieht, dass ich es mit Humor nehme, und er lacht mit.

«¿Una señora?», fragt er. Als ich wieder mal «Sí» sage, diesmal aber die Frage verstanden, fragt er neugierig:

«¿Y es linda?»

Ich lache wieder. Es ist eine Frau, und ich wäre nicht in Chile, wenn die erste Frage nicht gleich nach dem Aussehen wäre.

Ich lasse die Frage so stehen, denn das Aussehen meiner Chefin zu beurteilen, ist mir gerade so fern wie mein Heimatland jenseits des Atlantiks.

Übersetzungen und Erklärungen zum Kapitel:

«Qué pasó?»

Was ist passiert?

pasó ist die 3. Person Singular Präteritum vom Verb *pasar – passieren*

«Todo bien, sólo que mi jefe de Alemania está en Santiago.»

Alles gut, nur dass mein Chef aus Deutschland in Santiago ist.

«¿Una señora?»

Eine Frau?

«¿Y es linda?»

Und ist sie hübsch?

DIE STADT MITTEN IN DER WÜSTE

Nach der langen Fahrt durch die Wüste taucht sie plötzlich wie aus dem Nichts auf – die große Wüstenstadt Iquique. Das Panorama vor uns, während wir auf die Stadt zufahren, lässt mich fast in Tränen ausbrechen. Es ist so ein schönes, faszinierendes Bild, dass ich es für den Rest meines Lebens im Gedächtnis speichern will. Ich sauge alles auf: Die Sandhügel, den Wüstenstrand, den Pazifischen Ozean und zwischen Wüste und Meer die vielen Häuser und Gebäudelichter in der Abenddämmerung. Ich bekomme eine Gänsehaut, ein Glücksgefühl, so dass ich Antonio bitte, kurz anzuhalten.

«¡Es tan lindo, Antonio! Muchas gracias por llevarme. ¡Chile es un paraíso y tiene muchas cosas distintas!»

Antonio freut sich über mein ehrliches Kompliment über sein Heimatland, und ich spüre, dass meine Worte, trotz starkem Akzent und holprigem Spanisch, bei ihm runtergehen wie Öl. Ein Blick von außen, von jemandem aus einer anderen Welt, hilft manchmal, Dinge in seinem eigenen Umfeld zu sehen, die man vielleicht selbst gar nicht mehr sieht.

So stehen wir etwa zwei Kilometer vor Iquique am Straßenrand und blicken auf die Stadt. Auch Antonio genießt nun die Aussicht in vollen Zügen.

«¡Jonas, eres muy buena onda!», sagt er. Ich freue mich über dieses Kompliment. *Buena onda* lässt sich wohl am ehesten mit *guter Umgang* übersetzen. Es freut mich sehr, dass er mich mag. Ich gebe das Kompliment gerne zurück: «Antonio, la mayoría de los chilenos son muy amables conmigo y tú eres el mejor ejemplo», höre ich mich sagen. Ich bin sehr glücklich, dass ich nun in der Lage bin, solche kreativen Komplimente zu machen, aber er ist nun mal einfach das beste Beispiel für die Liebenswürdigkeit, die die Chilenen mir entgegenbringen.

Als wir wenig später in der Stadt angekommen sind, ist es bereits sehr dunkel. Antonio bringt mich zu einem kleinen Hotel, dessen Besitzer er kennt.

«Este muchacho es de Alemania y es mi amigo. ¡Necesitan darle una habitación muy buena a un buen precio!», sagt er an der Hotelrezeption zu seiner Bekannten, die er vorher herzlich begrüßt hat. Ich lache etwas verlegen, aber gegen ein gutes Zimmer zum guten Preis habe ich natürlich nichts einzuwenden. Ich mag das Wort *muchacho* sehr gerne. Es ist für mich ein spanisches Klischeewort, das ich schon vorher kannte und mich nun daran erinnert, wo ich eigentlich bin – in Südamerika!

«Bueno, Jonas. Tienes mi número de celular. ¡Me avisas si tienes problemas! ¡Qué disfrutes tus vacaciones!», sagt er, während wir uns zum Abschied umarmen.

Ich höre wieder diese Zeitform bei *disfrutes,* eigentlich ist das doch eine a-Konjugation, das Verb ist doch *disfrutar.* Das sagt auch mein Spanischbüchlein. Diese Form Subjuntivo, wenn man eine Absicht oder Wünsche ausdrücken möchte, beherrsche ich leider noch nicht, aber langsam bekomme ich ein Gefühl dafür, wann sie genutzt wird. Jedoch habe ich keine Zeit darüber nachzudenken, denn ich hoffe innerlich, dass Antonio wirklich noch etwas in Iquique zu tun hat und dass er nicht nur die Fahrt für mich auf sich genommen hat.

«¡Me gustaría invitarte a un restaurante, Antonio!», sage ich, um ihn dazu zu bewegen, noch zu bleiben.

«¡Gracias, Jonas, la próxima vez! ¡Hasta luego!»

Übersetzungen und Erklärungen zum Kapitel:

«¡Es tan lindo, Antonio! Muchas gracias por llevarme. ¡Chile es un paraíso y tiene muchas cosas distintas!»

Es ist so schön, Antonio! Vielen Dank, dass du mich mitgenommen hast. Chile ist ein Paradies und hat so viele verschiedene Dinge!

Häufig wird das Adjektiv hinter das zu beschreibende Substantiv gestellt wie hier bei *cosas distintas.* Allerdings wäre es auch andersherum und analog zum Deutschen möglich.

«Antonio, la mayoría de los chilenos son muy amables conmigo y tú eres el mejor ejemplo.»

Antonio, die meisten Chilenen sind sehr nett zu mir, und du bist das beste Beispiel.

«Este muchacho es de Alemania y es mi amigo. ¡Necesitan darle una habitación muy buena a un buen precio!»

Dieser Kerl ist aus Deutschland, und er ist mein Freund. Ihr müsst ihm ein sehr gutes Zimmer für einen guten Preis geben!

necesitan ist die 2. Person Plural, die Verbform, die in Lateinamerika mit der 3. Person Plural identisch ist. In Spanien würde die Verbform *necesitáis* lauten. *dar* ist der Infinitiv und heißt *geben. darle* heißt dementsprechend *ihm geben.*

«Bueno, Jonas. Tienes mi número de celular. ¡Me avisas si tienes problemas! ¡Qué disfrutes tus vacaciones!»

Gut, Jonas. Du hast meine Handynummer. Sag mir Bescheid, wenn du Probleme hast! Genieß deinen Urlaub!

«¡Me gustaría invitarte a un restaurante, Antonio!»

Ich würde dich gerne in ein Restaurant einladen, Antonio!

«¡Gracias, Jonas, la próxima vez! ¡Hasta luego!»

Danke Jonas, nächstes Mal! Bis dann!

¿TIENEN CERVEZA?

Trotz später Abendstunde ist es immer noch sehr heiß, als ich mich in meinem kleinen Hotelzimmer mit Meerblick auf das Bett lege, trotzdem schlafe ich sofort ein.

Am nächsten Morgen, nach einem großzügigen Frühstück, gehe ich direkt zum naheliegenden Wüstenstrand und setze mich in den Sand. Vom Meer weht ein angenehmer Wind. In der Stadt ist die Hitze kurz vor Mittag unerträglich, denn die Sonne knallt auf den Asphalt, der die Hitze reflektiert. Hier am Strand ist es deutlich angenehmer. Ich sitze im Sand zum Meer gerichtet mit der Stadt im Rücken. Als ich mich umdrehe, sehe ich, dass dort oben am Ende der Stadt auf den Wüstenhügeln etwas ärmere Häuser oder besser gesagt Hütten stehen. Dagegen sehe ich hier in Strandnähe Hochhäuser und moderne Gebäude und dazwischen kleine Bars. Ich erinnere mich an den Hund, der mich an die Strandbar außerhalb von Valparaíso gebracht hat und bekomme sofort ein Bauchkribbeln. Der Platz hier ist zwar etwas belebter, aber mein Gefühl ist ähnlich, und ich möchte diesen Strand ebenfalls in mit allen Sinnen genießen. Ich mache mich auf zur nächsten Bar, um mir ein chilenisches Bier zu kaufen.

«¡Buenos días! ¿Tienen cerveza?», frage ich freundlich an der Bar.

Die junge Frau schaut mich fragend an: «¿Ya quieres cerveza? ¡Es muy temprano para tomar cerveza!», und sie deutet dabei auf ihre Armbanduhr.

«Está bien. Soy alemán», lache ich.

Die Frau verdreht die Augen, gibt mir eine Flasche Bier und lacht auch.

Als ich mich wieder in den Sand setzte und an meiner Flasche nippe, spüre ich, dass ich eigentlich gar keine Lust habe, wieder nach Santiago zur Arbeit zu fahren. Südamerika erstreckt sich doch noch viel weiter nach Norden, und ich bin doch immer noch im südlichsten Land! Oder ist das Argentinien? Ich lache, denn natürlich weiß ich, dass das aufgrund der Länge von Chile kein Argument ist und ich mich schon längst nördlicher als Argentinien, Paraguay oder Uruguay befinde. Trotzdem, es gibt noch so viel zu entdecken. ¡Quiero conocer cada país! Quiero saber cómo es la gente y cómo la gente habla español. Komisch, dass ich mittlerweile manchmal schon auf Spanisch denke oder auch auf Spanisch träume. Das Lernen der neuen Sprache und sie zu entdecken, macht mir einen unglaublichen Spaß. Als wäre ich nochmal ein Kind, das jeden Tag etwas Neues lernt.

Übersetzungen und Erklärungen zum Kapitel:

«¡Buenos días! ¿Tienen cerveza?»

Guten Tag! Habt ihr Bier?

«¿Ya quieres cerveza? ¡Es muy temprano para tomar cerveza!»

Du willst schon Bier? Es ist sehr früh, um Bier zu trinken.

Ein Indiz für die Verwendung von *para* ist, wenn man im Deutschen *um* anstatt *für* sagen kann.

«Está bien. Soy alemán.»

Das ist in Ordnung. Ich bin Deutscher.

¡Quiero conocer cada país! Quiero saber cómo es la gente y cómo la gente habla español.

Ich möchte jedes Land kennenlernen. Ich möchte wissen, wie die Leute sind und wie die Leute Spanisch sprechen.

VERTRAUTE WORTE

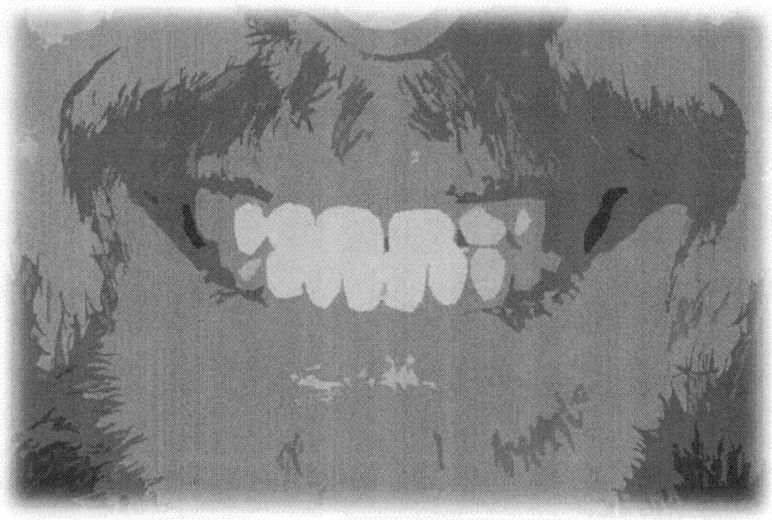

Hallo, wie geht's?

Während die Wellen vor mir plätschern, lasse ich meine bisherige Zeit hier am anderen Ende der Welt Revue passieren. In so kurzer Zeit habe ich so viele Menschen kennengelernt, und sie sind mir alle ans Herz gewachsen: Meine Gastfamilie: María und Felix, Ricardo. Oder auch meine Kollegen: Sergio, Pedro, Roberto, David, Darwin und natürlich mein Chef Juan Carlos. Der Junge aus Valparaíso, der mir seine Stadt gezeigt hat, und zuletzt Antonio, der mich nach Iquique gebracht hat. Ich habe das Gefühl, ich habe in den paar Wochen hier schon mehr erlebt als in den fünf Jahren zuvor. Nichts ist wertvoller als Erinnerungen, man behält sie ewig und kann sich in schlechten Zeiten an sie klammern. Erinnerungen sind unbezahlbar. Ich beschließe zukünftig mehr zu reisen und meine Arbeit so anzupassen, dass Reisen immer möglich sein wird.

Gedankenversunken und im Genuss des Meeresrauschens muss ich aufpassen, dass ich keinen Sonnenbrand bekomme. Ich setze mich zu einem blonden jungen Mann, der an einer Steinwand lehnt. Der sieht auch so aus, als wäre er nicht aus Chile.

«¡Buenos días!», sage ich freundlich und lehne mich an die gleiche Wand, die ihm Schatten spendet.

«¡Buenos días! ¡Hace mucho calor!», entgegnet er mir, um mir anzudeuten, dass auch er mit der brennenden Sonne kämpft.

«Sí, hace mucho sol. Pero es muy bonito aquí. ¿Vives aquí?», frage ich neugierig.

«No, tengo un apartamento en Bogotá en Colombia.»

«¿Colombia? ¿Cómo es Colombia?», frage ich wieder neugierig.

«Es hermoso también, pero un poco más peligroso que Chile. Allí hay también de todo. Bogotá es una ciudad muy grande y caótica. La gente es amigable. Los colombianos tienen sus cosas, sus modismos en el español y su comida. Todos los países de América Latina son parecidos, pero los detalles son diferentes. Por ejemplo, la empanada no es tan famosa como aquí en Chile, ellos tienen la arepa», erklärt er mir.

«¿Qué es una arepa?»

«Es como un pan, pero es redonda y es de maíz. Se come con jamón, con queso o con carne.»

«Suena delicioso», sage ich und merke, dass ich etwas Hunger bekomme, da es sich so lecker anhört.

Plötzlich klingelt das Telefon meines Sitznachbarn und ich zucke zusammen, als ich ihn sprechen höre.

«Hallo Gesa, ich bin noch in Iquique, aber spätestens Ende der Woche werde ich wieder in Santiago sein. Dann können wir uns treffen und in Bellavista etwas trinken gehen.»

So redet er einige Minuten auf Deutsch, und wir sprechen die ganze Zeit Spanisch miteinander, ohne zu merken, dass wir aus demselben Land sind. Wahnsinn.

«Disculpa, es una amiga, ella también está viajando por Chile...»

«Wir können auch Deutsch miteinander reden!», unterbreche ich ihn lachend.

Auch er bekommt einen Lachanfall. Er erzählt mir nun auf Deutsch, dass er in Kolumbien einen Freiwilligendienst macht, was er sehr genießt, und nun die Zeit zum Reisen nutzt. Es fühlt sich vertraut an, mal wieder mit jemandem länger Deutsch zu sprechen. Auch er scheint es zu genießen, dass die Worte automatisch aus dem Mund geschossen kommen. Es ist schon anstrengend, den ganzen Tag eine Fremdsprache zu sprechen. Die Muttersprache zu sprechen, ist da hingegen eine willkommene Entspannungsmöglichkeit. Er erzählt mir, dass er schon den halben Kontinent gesehen hat.

Ich denke, er macht es richtig und reist schon in seinen jungen Jahren. Ich hätte auch viel eher damit anfangen sollen – aber besser später mit dem Reisen anfangen als nie.

Übersetzungen und Erklärungen zum Kapitel:

«¡Buenos días! ¡Hace mucho calor!»

Guten Tag! Es ist sehr heiß!

hace kommt Verb *hacer – machen,* so dass die wörtliche Übersetzung im Spanischen wäre: Es macht viel Hitze.

«Sí, hace mucho sol. Pero es muy bonito aquí. ¿Vives aquí?»

Ja, es ist sehr sonnig. Aber es ist sehr schön hier. Lebst du hier?

Es macht viel Sonne ist hier die wörtliche Übersetzung - analog zum vorherigen Satz.

«No, tengo un apartamento en Bogotá en Colombia.»

Nein, ich habe eine Wohnung in Bogotá in Kolumbien.

«¿Colombia? ¿Cómo es Colombia?»

Kolumbien? Wie ist Kolumbien?

«Es hermoso también, pero un poco más peligroso que Chile. Allá hay también de todo. Bogotá es una ciudad muy grande y caótica. La gente es amigable. Los colombianos tienen sus cosas, sus modismos en el español y su comida. Todos los países de América Latina son parecidos, pero los detalles son diferentes. Por ejemplo, la empanada no es tan famosa como aquí en Chile, ellos tienen la arepa.»

Es ist auch schön, aber ein bisschen gefährlicher als Chile. Da gibt auch alles. Bogotá ist eine sehr große und chaotische Stadt. Die Menschen sind freundlich. Die Kolumbianer haben ihre Eigenheiten, ihren spanischen Dialekt und ihr Essen. Alle Länder in Lateinamerika sind ähnlich, aber die Details sind unterschiedlich. Die Empanada ist zum Beispiel nicht so berühmt wie hier in Chile, sie haben die Arepa.

«¿Qué es una arepa?»

Was ist eine Arepa?

«Es como un pan, pero es redonda y es de maíz. Se come con jamón, con queso o con carne.»

Sie ist wie ein Brot, aber sie ist rund und aus Mais. Man isst sie mit Schinken, mit Käse oder mit Fleisch.

«Suena delicioso.»

Es klingt lecker.

suena kommt vom Verb *sonar*, der Wortstamm ändert sich in der Präsens-Konjugation

Präsens-Konjugation von sonar:

yo sueno – ich klinge

tú suenas – du klingst

él / ella suena – er / sie klingt

nosotros / nosotras sonamos – wir klingen

ustedes suenan – ihr klingt

ellos / ellas suenan – sie klingen

«Disculpa, es una amiga, ella también está viajando por Chile…»

Entschuldige, das ist eine Freundin, sie reist auch durch Chile.

Die Verbform des Präsens Gerundium (vergl. Kapitel *No español*) zeigt, dass sie gerade durch Chile reist.

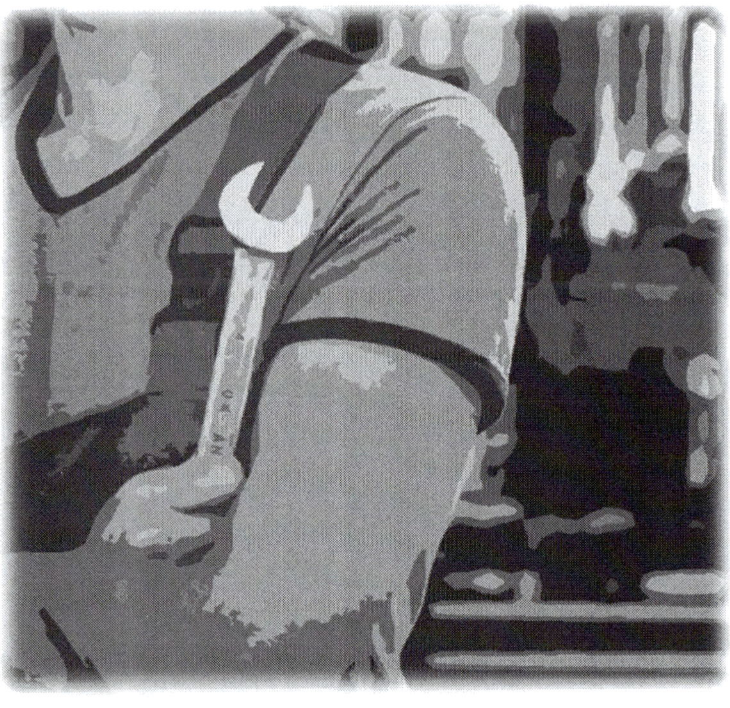

MEINE BEEINDRUCKTE CHEFIN

Nach zwei Tagen in Iquique bin ich wieder zurück nach Santiago geflogen. Zu stark hat mich das schlechte Gewissen gequält, dass meine Chefin gekommen ist, um nach mir zu sehen, während ich am Strand sitze. Meine Kollegen aus Deutschland sind jedoch entgegen ihrer Ankündigung zuhause geblieben. Chile ist ja auch ziemlich weit, wenn man nur eine Woche Urlaub am Stück nehmen kann.

Nun laufe ich mit Frau Kollwitz durch die Werkstatt und zeige ihr mein neues Arbeitsumfeld. Als wir an Sergio vorbeikommen, der hört, dass wir uns auf Deutsch unterhalten, zwinkert er mir zu:

«Jonas, ¿ella es tu polola?», fragt er halb scherzend. Da Frau Kollwitz in Spanien Spanisch gelernt hat, ist ihr das chilenische Wort *Pololo* oder *Polola* glücklicherweise unbekannt.

«Es la jefa de mi trabajo en Alemania», sage ich sehr ernst. Sergio lächelt verlegen und spürt, dass das Verhältnis zwischen mir und meiner Chefin etwas distanzierter ist. Sie ist auch nicht meine Freundin, also nicht meine Polola, und wir haben bisher auch keine Späße darüber gemacht, dass wir zusammen duschen wollen.

«Buenos días. Soy la señora Kollwitz ¿y usted?»

«Soy Sergio, un ayudante de los mecánicos aquí», sagt Sergio schüchtern. Er hatte wohl damit gerechnet, dass Frau Kollwitz überhaupt kein Spanisch spricht.

«Jonas trabaja muy bien, él nos mostró muchas cosas. ¡Gracias por enviarlo aquí!», sagt Sergio, mich in höchsten Tönen lobend.

Auch Juan Carlos hat Frau Kollwitz schon bearbeitet:

«¿Trabajan todos en Alemania como Jonas? ¡Por eso Alemania es tan fuerte en la economía!»

Darwin, der Motorpinkler, kommt und begrüßt mich mit einer Umarmung.

«¡Jonas! ¿Cómo te fue en Iquique?», fragt er freundlich.

«Muy bien, ¡es muy bonito el desierto!», sage ich mit leuchtenden Augen.

«Nunca he salido de Santiago, ¡conoces Chile mejor que yo!», sagt Darwin etwas melancholisch.

Frau Kollwitz scheint beindruckt zu sein, ich bin hier beliebt, werde als kompetent wahrgenommen und spreche jetzt auch noch besser Spanisch als sie. Dennoch lobt sie mich nicht. Ich weiß, dass Menschen in hohen Positionen oft nur auf sich selbst schauen und es nicht ertragen können, wenn jemand etwas besser kann als sie selbst. Ich sage zu Darwin, so dass es Frau Kollwitz hört und so wie ich es in Chile gelernt habe:

«Ella me dio la posibilidad de venir aquí a trabajar con ustedes. Ella es una muy buena persona, y yo aprendí mucho en su empresa. ¡Es porque la empresa tiene jefes así, yo adquirí todos mis conocimientos en Alemania!»

Das hat gesessen, ich sehe, dass Frau Kollwitz meine Worte aufsaugt und plötzlich auch sie meine Beliebtheit würdigt.

«Herr Lemmel, ich bin wirklich beeindruckt. Es war wohl die richtige Entscheidung, Sie hierher zu schicken.»

Juan Carlos ist in Hörweite, und er ruft laut: «Ja!»

Ich lache, meine Sí-Taktik funktioniert also auch als Ja-Taktik im Deutschen.

Übersetzungen und Erklärungen zum Kapitel:

«**Jonas, ¿ella es tu polola?**»

Jonas, ist sie deine Freundin?

«**Es la jefa de mi trabajo en Alemania.**»

Sie ist die Chefin (von) meiner Arbeit in Deutschland.

«**Buenos días. Soy la señora Kollwitz ¿y usted?**»

Guten Morgen. Ich bin Frau Kollwitz und Sie?

Hier wird *usted* verwendet, als höfliche Form jemanden anzusprechen. Das Personalpronomen steht mit der 3. Person Singular des Verbes. Wenn man mehrere Personen mit *ustedes* anspricht, dann verwendet man analog die 3. Person Plural. Das spanische *usted* wird manchmal etwas anders verwendet als das deutsche *Sie*. So spricht man in manchen Ländern auch Familienmitglieder mit *usted* an. Auch ist es nicht unüblich zwischen *tú* und *usted* zu wechseln, ohne dass einem wie im Deutschen erst das *Du* angeboten werden muss.

«**Soy Sergio, un ayudante de los mecánicos aquí.**»

Ich bin Sergio, ein Helfer der Mechaniker hier.

ayudante leitet sich vom Wort *la ayuda – die Hilfe* ab oder vom Verb *ayudar – helfen.*

«Jonas trabaja muy bien, él nos mostró muchas cosas. ¡Gracias por enviarlo aquí!»,

Jonas arbeitet sehr gut, er hat uns viele Dinge gezeigt. Danke, dass Sie ihn hergeschickt haben!

mostró ist die Präteritum-Verbform in der 3. Singular vom Verb *mostrar*. Bei *enviarlo* wird wieder der Akkusativ *lo* - *ihn* an das Verb *enviar* – *schicken* gehängt. Die Zeitform von *¡Gracias por enviarlo aquí!* ergibt sich aus dem Kontext, da im Spanischen der Infinitiv verwendet wird, obwohl die Vergangenheit gemeint ist.

«¿Trabajan todos en Alemania como Jonas? ¡Por eso Alemania es tan fuerte en la economía!»

Arbeiten in Deutschland alle so wie Jonas? Deshalb ist Deutschland so stark in der Wirtschaft!

«¡Jonas! ¿Cómo te fue en Iquique?»,

Jonas! Wie war es in Iquique?

Como te fue Iquique heißt wörtlich übersetzt *Wie ist dir Iquique gewesen? fue* kommt vom Verb *ir* – *gehen* und steht hier in der Präteritum-Form (3. Singular), die ebenso unregelmäßig ist wie die Präsens-Konjugation des Verbes *ir* (siehe Kapitel *Lernfrust*).

***Präteritum*-Konjugation von *ir*:**

yo fui – ich ging

tú fuiste – du gingst

él / ella fue – er / sie ging

nosotros / nosotras fuimos – wir gingen

ustedes fueron – ihr gingt

ellos / ellas fueron– sie gingen

«**Muy bien, ¡es muy bonito el desierto!**»

Sehr gut, sie ist sehr schön, die Wüste!

«Ella me dio la posibilidad de venir aquí a trabajar con ustedes. Ella es una muy buena persona, y yo aprendí mucho de su empresa. ¡Es porque la empresa tiene jefes así, yo adquirí todos mis conocimientos en Alemania!»

Sie gab mir die Möglichkeit herzukommen, um mit euch zu arbeiten. Sie ist ein sehr guter Mensch, und ich habe von ihrer Firma viel gelernt. Da die Firma solche Chefs hat, habe ich mein ganzes Wissen in Deutschland erworben.

ustedes heißt hier *ihr* und dient dazu, eine Personengruppe anzusprechen. *aprendí* ist die 1. Person Singular von *aprender* im Präteritum.

dio ist die Präteritum-Verbform von *dar*

Präteritum-Konjugation von dar:

yo di – ich gab

tú diste – du gabst

él / ella dio – er / sie gab

nosotros / nosotras dimos – wir gaben

ustedes dieron – ihr gabt

ellos / ellas dieron– sie gaben

adquirí kommt vom Verb *adquirir* - *erwerben* und ist die 1. Person Singular Präteritum.

Präteritum-Konjugation von adquirir:

yo adquirí – ich erwarb

tú adquiriste – du erwarbst

él / ella adquirió – er / sie erwarb

nosotros / nosotras adquirimos – wir erwarben

ustedes adquirieron – ihr erwarbt

ellos / ellas adquirieron – sie erwarben

PASTEL DE CHOCLO

Ich habe Frau Kollwitz am Abend zu meiner Gastfamilie eingeladen. María hat zu diesem Anlass Pastel de Choclo vorbereitet. Es ist rührend, dass sie mich wie ihren Sohn behandelt und sogar meine Gäste bewirtet, ohne dass ich sie darum gebeten habe. So stand María wie selbstverständlich den ganzen Nachmittag am Herd und bereitete das typische chilenische Gericht zu: Einen gelbfarbigen Maisauflauf, der Rinderhackfleisch, Rosinen, schwarze Oliven, Zwiebeln und hart gekochte Eierscheiben enthält. Marías Familie ist vor zwei Generationen, lange vor dem zweiten Weltkrieg, aus der Schweiz nach Chile eingewandert. Ihre Familie hat jüdische Wurzeln, und als ein Relikt ihrer Großeltern steht immer noch ein neunarmiger jüdischer Kerzenständer im Wohnzimmer im Regal. Als María hörte, dass Frau Kollwitz, eine etwas ältere Frau als ich, aus Deutschland kommt, hat sie den Ständer vorsichtshalber versteckt. Ich musste lachen:

«¡María, tranquila, no necesitas esconder las velas!», ich vereinfachte etwas mit *las velas - die Kerzen*, da es für mich einfacher ist, als das Wort *Kerzenständer* im Wörterbuch zu suchen. Mit einem löchrigen Vokabular wird man sehr kreativ, sein Anliegen zu beschreiben, habe ich festgestellt.

«En Alemania no hay ningún problema, la segunda guerra mundial fue hace mucho.»

María lacht verlegen: «¡Tal vez, es más seguro!»

Ich schüttel den Kopf und lache immer noch etwas.

Der Geruch in der Wohnung ist köstlich, so dass auch schon Felix um den Herd herumschleicht, den der Geruch vom Nebenzimmer angelockt hat.

«¡Qué rico! ¡Pastel de choclo!»

Choclo bedeutet im chilenischen Spanisch *Mais*, in anderen spanischsprachigen Ländern sagt man *maíz*, was für die deutschen Ohren wohl wesentlich leichter zu verstehen ist. Auch *Avocados*, mit denen man in Chile die Straßen pflastern könnte und die es eigentlich bei jeder Mahlzeit als Beilage gibt, heißen nicht *aguacates* wie in anderen Ländern, sondern *paltas* – oder *palta* im Singular. Das Witzigste ist jedoch, dass man in Chile das Wort *Kuchen* aus dem Deutschen übernommen hat. Als María mich eines nachmittags fragte: «¿Quieres un kuchen?», dachte ich erst, sie nimmt mich auf den Arm.

Als dann Felix sofort rief, «¡Qué rico, kuchen!», wusste ich, das kann nicht abgesprochen sein.

Frau Kollwitz kommt pünktlich. Ich öffne die Tür und begrüße sie per Handschlag. Felix und Ricardo sind da etwas stürmischer und geben ihr ein Begrüßungsküsschen auf die Wange. Es ist komisch Frau Kollwitz zu siezen, während sie sich bei meiner Gastfamilie als Irene vorstellt. Die deutsche Distanz ist manchmal doch eine Herzlichkeitsbremse.

«¡Muchas gracias por la invitación, María!», sagt Frau Kollwitz freundlich.

«¡Muchas gracias por enviarnos un hijo nuevo!», lacht María, und ich werde etwas verlegen.

«Du sprichst sehr gut Spanisch Irene, ich spreche auch ein bisschen Deutsch!», sagt Ricardo, während wir uns an den Tisch setzten und Felix die deutsche Nationalhymne auf seinem Smartphone abspielt.

«Felix ist hier die Stimmungskanone, Frau Kollwitz», sage ich augenverdrehend. Frau Kollwitz weiß nicht so recht, wie sie reagieren soll. Sie scheint ein bisschen überfordert zu sein.

«Hier in Chile können wir uns doch auch duzen, Jonas», sagt sie plötzlich. Anscheinend hat sie ähnliche Gedanken wie ich. Ich finde es zwar ziemlich merkwürdig, dass wir uns nun nur in Chile duzen, aber wenn sie das so möchte. Wenn wir zusammen zurückfliegen würden und den Luftraum von Chile verlassen, muss ich also hinter der chilenischen Landesgrenze wieder Frau Kollwitz zu ihr sagen.

«Bueno, Irene», ich wechsle wieder zu Spanisch, um María und Felix wieder an unserer Unterhaltung teilhaben zu lassen. Jedoch das Du- und Sie-Thema war wohl besser auf Deutsch zu besprechen. Es hätte jeden Nicht-Deutschen wahrscheinlich nur gewundert, wie steif und kompliziert es manchmal bei uns zugeht.

«¿Conoces el pastel de choclo, Irene?», fragt Felix. «Es la mejor comida de Chile y también del mundo!»

«No, no lo conozco, pero me parece muy rico y huele delicioso», antwortet meine Chefin.

Ja, es riecht wirklich herrlich. Wir essen alles auf, und jeder hat bestimmt zwei Avocados verdrückt, die wieder im Überfluss geschnitten auf dem Tisch liegen, da sie in Chile nur ein paar Cent kosten.

«¿Dónde duermes?», fragt María Irene.

«Duermo en un hotel cerca del Parque Bustamente», antwortet Irene.

«Ah, está muy cerca, cerca de la estación del metro Baquendano», antwortet Felix, bevor María etwas sagen kann.

«No solo huele muy rico, el sabor también es demasiado bueno», schießt Irene lobend hinterher, nachdem ihre ersten Happen im Mund verschwunden sind. Auch ich kann nicht aufhören zu essen, und María freut sich, dass wir ihre Pastel de Choclo so gerne mögen.

«¿Y Jonas es tu mano derecha en la empresa?», fragt Felix etwas scherzhaft, herausfordernd und neugierig.

«Sí, él es mi mano derecha», antwortet Irene.

So eine halb ernste Antwort hätte ich ihr gar nicht zugetraut, und ich lache nickend.

Wir lachen und scherzen. Es ist schön, dass in Chile immer so schnell das Eis bricht und vieles einfach mit Humor genommen wird. Außerdem fühlt man sich nie allein, und die sozialen Kontakte machen ihren Namen alle Ehre.

Irene bleibt sehr lange. María bietet ihr an, bei uns zu übernachten.

«No, muchas gracias, ya reservé el hotel y lo pagué, entonces me voy. ¿Jonas, me acompañas?», lehnt sie das Angebot ab und schaut mich fragend an.

«¡Sí, necesitas acompañarla, Jonas!», sagt María, an die Sicherheit meiner Chefin denkend.

«Sí, claro, ¡vamos!», anworte ich.

Übersetzungen und Erklärungen zum Kapitel:

«¡María, tranquila, no necesitas esconder las velas!»

María, keine Sorge, du brauchst die Kerzen nicht zu verstecken!

tranquila steht in der weiblichen Form, da eine Frau angesprochen wird. Wörtlich hieße es *ruhig*. Jedoch klingt diese Übersetzung im Deutschen etwas unhöflich, was im Spanischen keinesfalls so ist.

«En Alemania no hay ningún problema, la segunda guerra mundial fue hace mucho.»

In Deutschland gibt es kein Problem, der zweite Weltkrieg ist vor langer Zeit gewesen.

el segundo / la segunda – der zweite / die zweite.

Analog dazu:

el primero / la primera – der erste / die erste

el segundo / la segunda – der zweite / die zweite

el tercero / la tercera – der dritte / die dritte

el cuarto / la cuarta – der vierte / die vierte

el quinto / la quinta – der fünfte / die fünfte

el sexto / la sexta – der sechste / die sechste

el séptimo / la séptima – der siebte / die siebte

el octavo / la octava – der achte / die achte

el noveno / la novena – der neunte / die neunte

el décimo / la décima – der zehnte / die zehnte

«¡Tal vez, es más seguro!»

Vielleicht ist es sicherer!

«¡Muchas gracias por la invitación, María!»

Vielen Dank für die Einladung, María!

Hier steht wieder *por* anstatt *para,* weil *gracias* einen Grund nach sich zieht, für den man sich bedankt.

«¡Muchas gracias por enviarnos un hijo nuevo!»

Vielen Dank, dass du uns einen neuen Sohn geschickt hast!

«¿Conoces el pastel de choclo, Irene?»

Kennst du Pastel de Choclo, Irene?

«Es la mejor comida de Chile y también del mundo!»

Es ist das beste Essen in Chile und auch auf der Welt!

In *del mundo* wird *de* und *el* wieder zusammengezogen also eigentlich heißt es *de el mundo* und wörtlich *von der Welt*.

«No, no lo conozco, pero me parece muy rico y huele delicioso.»

Nein, ich kenne es nicht, aber ich finde es sehr lecker, und es riecht köstlich.

huele kommt vom Verb *oler – riechen*

Präsens-Konjugation von oler:

yo huelo – ich rieche

tú hueles – du riechst

él / ella huele – er / sie riecht

nosotros / nosotras olemos – wir riechen

ustedes huelen – ihr riecht

ellos / ellas huelen– sie riechen

«¿Dónde duermes?»

Wo schläfst du?

«Duermo en un hotel cerca del Parque Bustamente.»

Ich schlafe in einem Hotel in der Nähe des Parque Bustamente.

«Ah está muy cerca, cerca de la estación del metro Baquendano.»

Ah, es ist ganz in der Nähe, in der Nähe (von) der U-Bahn-Station Baquendano.

«No solo huele muy rico, el sabor también es demasiado bueno.»

Es riecht nicht nur lecker, es schmeckt auch zu gut.

demasiado heißt *zu* wie bei *zu viel*. Im Deutschen kann *zu viel* schon wieder negativ sein, hingegen ist es im Spanischen gleichbedeutend zu *sehr*, also *sehr gut* und meint, dass es ganz besonders gut bzw. lecker ist.

«**¿Y Jonas es tu mano derecha en la empresa?**»

Und Jonas ist deine rechte Hand in der Firma?

Obwohl *mano* eine maskuline Endung hat, also *o*, ist das Geschlecht feminin. Es handelt sich um eine Ausnahme und das Wort hat folglich einen weiblichen Artikel: *la mano – die Hand.* Deswegen ist in dem Satz das Adjektiv *derecha* und nicht *derecho.*

«**No, muchas gracias, ya reservé el hotel y lo pagué, entonces me voy. ¿Jonas, me acompañas?**»

Nein, vielen Dank, ich habe das Hotel schon reserviert, und ich habe es bezahlt, also (wörtl. dann) gehe ich. Jonas, begleitest du mich?

pagué ist die Präteritum-Form von *pagar* - *bezahlen* in der 1. Person Singlar: *yo pagué – ich bezahlte.*

«**¡Sí, necesitas acompañarla, Jonas!**»

Ja, du musst sie begleiten, Jonas!

Die wörtliche Übersetzung wäre hier *Ja, du brauchst sie begleiten, Jonas!,* was im Deutschen nicht ganz richtig ist.

«**Sí, claro, ¡vamos!**»

Ja, natürlich, lass uns gehen.

IN DEN NACHTLICHTERN SANTIAGOS

Auf dem Weg durch das schlafende und späte Santiago – es ist nun 0:30 Uhr in der Nacht – unterhalten Irene und ich uns weiter. Ich habe den Eindruck, dass sie ihr Chefdasein vollkommen abgelegt hat. Die Rollen sind nun etwas vertauscht, da ich mich mittlerweile in Santiago und in der Firma auskenne, integriert bin und sie eine Besucherin ist. Das fühlt sich komisch und ungewohnt an, da wir vorher so lange Distanz gehalten haben und ich aufgrund der Firmenhierarchie immer etwas unterwürfig gewesen bin. Auch an das Geduze von ihr muss ich mich erst gewöhnen. Das ist nun noch merkwürdiger, da wir allein sind und wir uns wieder ausschließlich auf Deutsch unterhalten.

«Jonas, ich bin ja wirklich beeindruckt, wie beliebt du hier bist und wie gut du dich eingelebt hast. Auch dass du in Renca so viel helfen konntest, bestätigt uns, dass wir mit dir die richtige Person ausgewählt haben.» Ich merke, dass sie die Worte ernst meint und sie ein bisschen verlegen ist. Deswegen baut sie wieder etwas Distanz auf, indem sie das Gespräch auf den beruflichen Kontext lenkt. Aber ich möchte jetzt nicht über die Firma reden und versuche von der Firma wieder auf die Gefühlsebene zu wechseln. Ich mache ihr ein Kompliment und zeige ihr meine Dankbarkeit:

«Danke Irene und danke, dass du mir das alles ermöglicht hast. Das war die beste Zeit in meinem Leben. Du hast mich sehr glücklich mit dieser Reise nach Chile gemacht.»

Es fühlt sich komisch an, diese Worte auf Deutsch zu sagen, und ich merke, dass sie ein bisschen hilflos wirkt, darauf zu antworten. Ich bleibe kurz stehen und spüre nun den Drang, sie zu umarmen. Sie drückt sich fest an mich, und ich fühle, dass sie die Umarmung etwas länger hält als üblich. Dann lässt sie los, und wir stehen uns gegenüber. Sie schaut mich fragend an. Soll ich sie jetzt küssen? Sie ist 15 Jahre älter als ich, verheiratet und zudem noch meine Chefin. Nein, das traue ich mich nicht, auch wenn ich in diesem Moment Lust dazu habe. Außerdem wäre das wahrscheinlich nicht gut für unsere zukünftige Zusammenarbeit. Ich suche nach Ausreden und komme gedanklich zu dem Ergebnis, dass ich wahrscheinlich ihre Geste fehlinterpretiert habe und sie einfach nur unsere Umarmung genossen hat. Wir gehen schweigend weiter. Sie wirkt nun auch sehr nachdenklich, so dass wir nicht mehr so recht wissen, was wir sagen sollen. Wir sind beide nicht sonderlich geübt darin, miteinander über Gefühle zu sprechen, da wir eben diese Chef-Angestellten-Beziehung haben.

Als wir dann vor dem Hotel stehen, wechselt sie auf einmal zu Spanisch. Ich bin ihr sehr dankbar für diese kreative Wendung; wahrscheinlich hat auch sie bemerkt, dass es einfacher ist, in einer anderen Sprache persönlicher zu werden, da unser Verhältnis auf Deutsch zu festgefahren ist.

«¡Muchas gracias por traerme al hotel!», sagt sie nun wesentlich lockerer.

«De nada, Irene, con mucho gusto. Gracias por venir a visitarnos a mí y a mi familia de aquí», antworte ich.

«¿Puedo abrazarte otra vez?», fragt sie.

«Sí, claro», sage ich leise.

Doch diesmal führt sie ihren Kopf nicht schräg an meinen vorbei, sondern küsst mich langsam und zärtlich auf meinen

Mund. Dieser Kuss fühlt sich schön an in dieser leichten Nachtwärme in den schimmernden Lichtern Santiagos.

«¿Quieres tomar algo más?», fragt sie mich und deutet in die Richtung des naheliegenden Szene-Stadtteils Bellavista. Da ist garantiert noch etwas offen.

Hier in Chile fühlt es sich so natürlich an, wenn Frau und Mann aufeinandertreffen, dass man sich attraktiv finden darf und sich Komplimente macht. Allerdings verstehe ich genauso, dass sich eine Gesellschaft dazu entschließt, etwas mehr Distanz zu halten. Denn einige kennen die Grenze nicht zwischen Kompliment und Belästigung. Bei uns in Deutschland hätte sich eine solche Situation zwischen mir und meiner Chefin wohl nur betrunken am Ende einer Betriebsfeier ergeben, wobei der nächste Tag dann umso peinlicher gewesen wäre. Dadurch, dass wir beide völlig nüchtern sind, genießen wir einfach nur diese Leichtigkeit hier in einer Millionenstadt am anderen Ende der Welt.

Ich nehme ihre Hand, und wir laufen zu einer kleinen Bar. Die bunt bemalten Wände der Häuser im Stadtteil lassen ihn gemütlich und etwas anrüchig wirken – noch gemütlicher ist es in der Bar. Selbstverständlich rufe ich zunächst meine Gastmutter an, damit sie sich keine Sorgen macht. Ich erkläre ihr, dass Irene und ich noch etwas besprechen wollen und sie sich keine Sorgen machen braucht. María gibt mir das Gefühl, dass ich gar nicht hätte anrufen müssen, da sie schon damit gerechnet hat, dass wir noch etwas zusammen trinken. Sie antwortet nur lachend mit:

«No hay problema, Jonas. ¡Gracias por avisarme! ¡Que tengan una buena noche!»

Es fühlt sich schön an, und es ist eine romantische, knisternde Atmosphäre entstanden, hier mit Irene an diesem kleinen Ecktisch. Wir teilen uns ein chilenisches Bier aus einer 1-Liter-Flasche.

«Las botellas de cerveza son muy grandes en Chile», lacht Irene.

«¡Sí, son muy grandes!», antworte ich. In der Abenddämmerung sieht meine Chefin wahnsinnig hübsch aus. Ihre blauen Augen reflektieren die Lichter der Straße, die durch die Fenster der kleinen Bar hereinschimmern. Im Hintergrund läuft ruhige lateinamerikanische Musik, und die Bar ist zu dieser späten Stunde immer noch recht voll. In diesem Moment stimmt einfach alles, mich durchfährt eine Gänsehaut und ein Kribbeln im Bauch.

«Estuve en un lugar perfecto, Irene. Un perro de la calle me llevó a una playa con un bar. Entonces no pude regresar al trabajo. Nunca antes vi algo así. Quiero conocer mucho más sobre este país maravilloso.» Ich bin richtig erstaunt, dass ich mittlerweile in der Lage bin, Monologe in der neu erlernten Sprache zu halten.

«Mejor no hablemos sobre el trabajo en español, podemos hablar sobre el trabajo en alemán», scherzt sie

«¿Y adónde más viajaste?», fragt Irene neugierig.

«Quise saber, si hay más lugares así y encontré un lugar parecido en Iquique, que también está en la playa y tiene un bar. ¡Creo que hay muchos más paraísos en Latinoamérica!», erzähle ich weiter. «¡Pero me llamaste, entonces regresé!»

Irene lacht: «Entonces por mi culpa no encontraste más paraísos.»

«¡Exactamente!», lache ich und gebe ihr einen Kuss, den sie liebevoll erwidert.

Übersetzungen und Erklärungen zum Kapitel:

«¡Muchas gracias por traerme al hotel!»,

Vielen Dank, dass du mich zu meinem Hotel gebracht hast!

«De nada Irene, con mucho gusto. Gracias por venir a visitarnos a mí y a mi familia de aquí»

Gern geschehen, Irene, es war mir ein Vergnügen. Vielen Dank, dass du gekommen bist, um mich und meine (Gast-) Familie hier zu besuchen.

Danke fürs Kommen und für das Besuchen von mir und meiner Familie wäre auch eine mögliche Übersetzung, die den spanischen Infinitiven *venir* und *visitar* vielleicht noch näherkommt, aber etwas merkwürdig klingt.

«¿Puedo abrazarte otra vez?»

Darf ich dich noch mal umarmen?

Das Verb abrazar – umarmen leitet sich vom Substantiv *el abrazo – die Umarmung* ab.

«¿Quieres tomar algo más?»

Möchtest du noch etwas trinken?

noch entspricht in dem Satz der Bedeutung *más*. Wörtlich könnte man sagen: *Möchtest du noch etwas mehr trinken?*

Häufig verwendet man das Verb *tomar* in Lateinamerika für *trinken* und nicht das in Spanien gebräuchliche Wort *beber*.

«No hay problema, Jonas. ¡Gracias por avisarme! ¡Que tengan una buena noche!»

Kein Problem, Jonas. Danke, dass du mir Bescheid sagst! Ich wünsche euch eine gute Nacht!

tengan ist die Subjuntivo-Verbform, da etwas gewünscht wird.

«Las botellas de cerveza son muy grandes en Chile.»

Die Bierflaschen sind sehr groß in Chile.

«Estuve en un lugar perfecto, Irene. Un perro de la calle me llevó a una playa con un bar. Entonces no pude regresar al trabajo. Nunca antes vi algo así. Quiero conocer mucho más sobre este país maravilloso.»

Ich war an einem perfekten Ort, Irene. Ein Straßenhund brachte mich zu einem Strand mit einer Bar. Dann konnte ich nicht mehr zur Arbeit zurückkehren. Ich habe vorher so etwas noch nie gesehen. Ich möchte noch viel mehr von diesem wunderbaren Land kennenlernen.

pude ist die 1. Person Singular im Präteritum von *poder* – *können*

Präsens-Konjugation von poder:

yo puedo – ich kann

tú puedes – du kannst

él / ella puede – er / sie kann

nosotros / nosotras podemos – wir können

ustedes pueden – ihr könnt

ellos / ellas pueden– sie können

Präteritum-Konjugation von poder:

yo pude – ich konnte

tú pudiste – du konntest

él / ella pudo – er / sie konnte

nosotros / nosotras pudimos – wir konnten

ustedes pudieron – ihr konntet

ellos / ellas pudieron– sie konnten

«Mejor no hablemos sobre el trabajo en español, podemos hablar sobre el trabajo en alemán.»

Besser wir reden nicht über die Arbeit auf Spanisch, wir können über die Arbeit auf Deutsch reden.

hablemos ist hier wieder die Subjuntivo-Form, die eine Absicht ausdrückt.

«¿Y adónde más viajaste?»

Und wohin bist du noch gereist?

viajaste ist die 2. Person Singular der Präteritum-Form von *viajar*

«Quise saber, si hay más lugares así y encontré un lugar parecido en Iquique, que también está en la playa y tiene un bar. ¡Creo que hay muchos más paraísos en Latinoamérica!»

Ich wollte wissen, ob es noch mehr solcher Orte gibt, und ich fand einen ähnlichen Ort in Iquique, der auch am Strand liegt und eine Bar hat. Ich glaube, es gibt noch viel mehr Paradiese in Lateinamerika!

«¡Pero me llamaste, entonces regresé!»

Aber du hast mich angerufen, also bin ich zurückgekommen!

llamaste ist die Präteritum-Verbform der 2. Person Singular von *llamar – anrufen*. *regresé* ist ebenfalls Präteritum und die 1. Singular von *regresar - zurückkommen*.

«Entonces por mi culpa no encontraste más paraísos.»

Dann ist es meine Schuld, dass du nicht mehr Paradiese gefunden hast.

wegen meiner Schuld ist die wörtliche Übersetzung von *por mi culpa*.

encontraste ist die 2. Person Singular der Präteritum-Verbform von *encontrar – finden.*

«¡Exactamente!»

Genau!

exactamente ist eigentlich das Adverb vom Adjektiv *exacto,* wird aber auch alleinstehend im Spanischen verwendet. Man kann sich das so erklären, dass sich das Adverb auf einen Zusatz bezieht wie: *tú dijiste exactamente,* denn eigentlich bezieht sich ein Adverb immer auf ein Verb.

ADIÓS, CHILE

So komisch es sich anhört, aber zurück in Deutschland haben Irene und ich die stille Vereinbarung getroffen, dass wieder alles so wie vor meiner Reise ist. Selbst auf das Duzen wollte sie lieber verzichten, da sie nicht möchte, dass die Kollegen denken, ich hätte eine Sonderstellung in der Firma. Ich finde das zwar immer noch sehr merkwürdig, verstehe es aber und spiele natürlich mit.

Meine Kollegen sind sehr neugierig, denn das Leben in Chile können sie sich nur schwer vorstellen. Besonders interessiert sie aber, wie es mir mit Frau Kollwitz ergangen ist.

«Ganz normal, keine besonderen Vorkommnisse. Wir haben uns fast nur über die Arbeit und die Aufgaben in Santiago unterhalten», flunkere ich gekonnt.

Als meine Kollegen merken, dass am anderen Ende der Welt auch keine spannenden Dinge passieren, gehen alle langsam zurück an ihren Arbeitsplatz.

«Der hätte ich aber was erzählt, wenn ich mit ihr allein in einem anderen Land wäre! Ich hätte sogar meine Kontoauszüge mit nach Chile genommen und sie gefragt, ob da irgendwann mal ein bisschen mehr kommt. Wir haben jedes Jahr Inflation!», ruft Marius noch.

Ich bin froh, dass niemand tiefer bohrt und meine schönen Erinnerungen nicht durch irgendwelche albernen Kommentare befleckt werden.

Die Arbeit fällt mir nun recht leicht, ich denke immer noch an das Paradies, an den Hund, an den Jungen, an die Gastfamilie und auch an Irene. Diese Erinnerungen wird mir nie wieder jemand nehmen können.

Es war ein sehr herzlicher Abschied in Santiago, sogar mein Chef Juan Carlos ist zum Flughafen gekommen, um mir alles Gute zu wünschen. María hatte sogar eine Träne in den Augen, und sogar Felix vergaß kurz seine Faxen. Ricardo und meine restlichen Kollegen hatte ich vorher schon verabschiedet, alle haben gesagt, ich soll schnell wiederkommen.

Ein herzliches «¡Adiós, huevón alemán!» brachte mich noch einmal zum Lachen.

Ich stieg sehr traurig in das Flugzeug und sah beim Abheben aus dem kleinen Flugzeugfenster Santiago mit ganz anderen Augen als noch bei meiner Ankunft. Während das Flugzeug abhob, wusste ich, dass ich auf diesem Kontinent noch nicht fertig bin.

«Herr Lemmel», höre ich plötzlich eine Frauenstimme meinen Namen sagen, und ich schrecke aus meinen Tagträumen hoch.

«Frau Kollwitz!», lächele ich sie an.

«Haben Sie sich schon wieder gut eingefunden hier in der Werkstatt?», fragt sie. Sie tut wirklich so, als sei nichts passiert zwischen uns. Aber gut, wenn sie das so möchte.

«Ja, danke, alles bestens.»

Sie schaut mich noch einen Moment an, als ob sie noch etwas sagen möchte, aber daran hindern sie wohl auch die Kollegen, von denen einige in Hörweite stehen.

«¡Estuvo muy bonito contigo! ¿Tal vez podemos ir un día a un bar latino acá en Hamburgo?», fragt sie plötzlich.

Ich bin etwas überrascht und antworte:

«¡Sí, vamos a un bar, me gusta la idea!»

«Y me cuentas otra vez del paraíso que encontraste y los paraísos que vas a buscar en el futuro», fügt sie mit ihren leuchtenden Augen hinzu, die wieder bei mir ein Bauchkribbeln verursachen.

Ich muss aufpassen, dass ich nicht zu glücklich aussehe, damit mich keiner meiner Kollegen durchschaut.

Nachdem sie wieder in ihrem Büro verschwindet, fragt Ingo, der Vorarbeiter:

«Na, du sprichst aber gut Spanisch jetzt, was habt ihr denn Geheimes besprochen?»

«Ach, sie hat mich nur daran erinnert, dass hier nicht Chile ist und ich ein bisschen Gas geben soll. Wahrscheinlich freut sie sich, dass sie jetzt jemanden hat, mit dem sie Spanisch sprechen kann.»

«Siehste, selbst in einer anderen Sprache macht sie nur Druck. Aber sehr gut, auf mich hörst du ja nicht!», lacht Ingo und verschwindet wieder.

Übersetzungen und Erklärungen zum Kapitel:

«¡Estuvo muy bonito contigo! ¿Tal vez podemos ir un día a un bar latino acá en Hamburgo?»

Es war sehr schön mit dir! Vielleicht können wir ja mal in eine Latino-Bar hier in Hamburg gehen?

un día kann man im Deutschen ganz frei übersetzen mit *mal*. *Eines Tages* käme der wörtlichen Übersetzung näher, ist aber im Deutschen etwas weiter in der Zukunft als im Spanischen, so dass *mal* hier die bessere Übersetzung ist.

«¡Sí, vamos a un bar, me gusta la idea!»

Ja, lass uns in eine Bar gehen, mir gefällt die Idee.

«Y me cuentas otra vez del paraíso que encontraste y los paraísos que vas a buscar en el futuro.»

Und du erzählst mir noch einmal von dem Paradies, das du gefunden hast, und den Paradiesen, die du in Zukunft suchen wirst.

cuentas kommt vorm Verb *contar – erzählen*, welches im Spanischen aber auch die Bedeutung *zählen* hat, also wenn man beispielsweise von 1 bis 10 zählt.

Präsens-Konjugation von contar:

yo cuento – ich (er-)zähle

tú cuentas – du (er-)zählst

él / ella cuenta – er / sie (er-)zählt

nosotros / nosotras contamos – wir (er-)zählen

ustedes cuentan – ihr (er-)zählt

ellos / ellas cuentan– sie (er-)zählen

EPILOG

Nachdem ich nun schon vier Wochen zurück bin, spielen meine Gedanken immer noch verrückt: Die Erinnerungen, die ich mitgebracht habe und dazu die neu entdeckten Gefühle für meine Chefin.

Wir haben uns in einer kleinen Latino-Bar im Schanzenviertel von Hamburg getroffen. Es war wieder sehr schön, wie wir uns vorsichtig annäherten. Dadurch, dass wir Spanisch sprachen, war es so, als ob wir wieder an diesem Abend in die kleine Bar in Bellavista zurückgereist wären. Wieder erzählte ich ihr von dem Hund, der mich an den Strand geführt hat, dabei hing Irene an meinen Lippen. Wir verbrachten einen wunderschönen Abend.

In mir ist ein Feuer entfacht, und ich schaue schon heimlich zuhause nach Flügen, um wieder nach Südamerika zurückzukehren. Es gibt dort so viele Länder, die ich kennenlernen möchte. Meine Spanischkenntnisse haben mir eine Tür geöffnet, die Länder und die Menschen zu erleben und weitere Paradiese zu finden. Das ist das, was ich will!

¡Esto es lo que yo quiero!

Der Autor hat im Jahr 2012 einige Monate in Renca, einem ärmeren Stadtteil von Santiago de Chile, in einer Motorenwerkstatt gearbeitet. Er ist dort das erste Mal mit der spanischen Sprache in Berührung gekommen, so dass die meisten Erlebnisse von Jonas auf wahren Begebenheiten beruhen.

Vielen Dank für den Kauf dieses Buches. Sie können uns gerne kontaktieren, wenn Sie unser Hörbuch als kleines Dankeschön erhalten möchten. Das Hörbuch enthält einige Kurzgeschichten in spanischer Sprache aus verschiedenen Büchern unseres Verlages. Melden Sie sich hierzu unter:

info@schinken-verlag.de

Wir sind ein kleiner Verlag und sind für Kritik, Anmerkungen, Lob oder Sonstiges ebenfalls unter dieser E-Mail-Adresse erreichbar.

Printed in Poland
by Amazon Fulfillment
Poland Sp. z o.o., Wrocław

37254495R00132